MELANIE MILBURNE

Mariés d'un jour

COLLECTION AZUR

éditions Harlequin

Cet ouvrage a été publié en langue anglaise
sous le titre :
WILLINGLY BEDDED, FORCIBLY WEDDED

Traduction française de
HANNAH PASCAL

83-85, boulevard Vincent-Auriol, 75013 PARIS — Tél. : 01 42 16 63 63
Service Lectrices — Tél. : 01 45 82 47 47
ISBN 978-2-2808-4440-6 — ISSN 0993-4448

1.

— Moi, marié ?

Jasper Caufield faillit s'étouffer.

— Vous plaisantez ?

— Je suppose que c'est un moyen pour votre père de continuer à vous imposer ses vues depuis la tombe, répondit Duncan Brocklehurst avec empathie.

Les traits de Jasper se crispèrent.

— Vous voulez dire que je ne peux rien y faire ?

Le juriste secoua la tête.

— Malheureusement, non. Si vous voulez Crickglades, vous allez devoir vous conformer aux termes du testament de votre père, et vite. Autrement, c'est votre frère Raymond qui en héritera.

Jasper bondit sur ses pieds et se mit à arpenter la pièce avec agitation.

— C'est ridicule. Raymond est prêtre, nom de Dieu. Qu'est-ce qu'il va faire d'un domaine de la taille de Crickglades ?

— Voyons, la situation n'est pas si désespérée, dit le juriste d'un ton rassurant. Tout ce que vous avez à faire, c'est convaincre Hayley Addington de vous épouser et vivre avec elle pendant un mois. Juste un mois et la propriété sera à vous.

— Hayley Addington ? dit Jasper en lui jetant un regard furieux. Vous êtes complètement cinglé ou quoi ? A supposer même que je sois du genre à me marier — ce qui est loin d'être le cas —, Hayley est bien la dernière femme avec qui j'envisagerais de m'engager, même de façon temporaire. En plus, elle me déteste.

— C'est sans doute pour cette raison que Gerald a rédigé son testament ainsi, remarqua Duncan. Je reconnais que c'est une réserve assez étrange.

— Etrange ? répliqua Jasper avec un grognement atterré. Grotesque, oui ! Qu'est-ce que c'est que cette idée de se marier pour un mois ?

— C'est vrai que c'est inhabituel, mais si j'étais vous, j'y réfléchirais sérieusement. Si l'on considère la fortune que ce terrain peut vous rapporter une fois loti, les désagréments d'un mariage aussi bref semblent bien dérisoires.

Jasper se rassit avec un grand soupir. Il avait ses raisons de vouloir Crickglades, le grand domaine dans la banlieue de Sydney où il avait grandi, et, quoi qu'il lui en coûte, il l'aurait. Il passa la main dans ses épais cheveux noirs et examina avec méfiance le document posé sur le bureau.

— Et comment suis-je censé convaincre Hayley de m'épouser ?

— Voyons, dit Duncan avec un sourire, pourquoi ne pas faire usage de ce charme irrésistible qui fait votre réputation ? A en croire la presse, on ne compte plus les femmes qui y ont succombé.

Jasper leva les yeux au ciel.

— Pff… Il va me falloir bien plus que du charme pour persuader Hayley. Et qu'est-ce qu'elle a à y gagner, elle, d'ailleurs ? Je croyais qu'elle avait réussi à baratiner le vieux pour qu'il lui laisse tout le domaine. Est-ce qu'il aurait changé d'avis au dernier moment ?

— Il avait rédigé un premier testament beaucoup plus simple, mais il en a écrit un nouveau quelques jours avant de mourir, dit Duncan en baissant les yeux vers ses documents. Dans celui-ci, Hayley hérite d'une somme globale, mais seulement si elle vous épouse et vit avec vous pendant un mois, comme stipulé dans le testament.

— Quel est le montant de cette somme ?

Duncan lui dit un chiffre, qui le fit s'exclamer :

— Effectivement !

— Eh oui, dit Duncan. Une belle carotte, tout de même.

Jasper eut une grimace cynique.

— Qui ne suffira pas à la convaincre, à mon avis. Même si on lui offrait dix fois plus, elle n'accepterait pas de m'épouser, dit-il, de plus en plus contrarié. Qu'est-ce qui a pris mon père…

— Je ne sais pas, mais en tout cas, il a bien insisté sur le fait qu'il ne devait y avoir aucun arrangement financier entre vous. Vous ne pouvez pas la payer pour qu'elle soit votre femme. Et pas de contrat prénuptial non plus.

— Quoi ! s'écria Jasper en bondissant de son fauteuil.

— C'est écrit noir sur blanc, dit Duncan en poussant le document vers lui. « Aucun contrat prénuptial. »

— Mais c'est la ruine assurée ! tempêta Jasper. C'est de la folie, surtout quand on pense à ce qui est arrivé à mon père avec la mère de Hayley, cette garce d'Eva, qui l'a dépouillé de la moitié de sa fortune ! Ce n'est pas possible, il y a bien un moyen de contourner cette disposition ?

— Je suis désolé, Jasper, dit Duncan en secouant la tête. Votre père a si bien ficelé tout cela que même le plus grand contorsionniste ne parviendrait pas à y échapper. Vous n'avez pas le choix. Persuadez Hayley de vous épouser, et priez pour qu'à la fin du mois elle ait cessé de vous haïr et ne fasse pas tout pour vous mettre sur la paille.

Jasper se frotta la mâchoire pendant un moment.

— Est-ce qu'elle connaît les détails du testament ?

— Je l'ai vue hier.

— Et ?

Duncan lui adressa un regard sans optimisme.

— Ça ne va pas être facile. Non seulement elle vous hait de toutes ses forces, mais en plus, elle est déjà fiancée à un autre homme.

Jasper ressentit comme un coup de poing à l'estomac.

— Fiancée ?

Duncan opina du chef.

— Et vous allez devoir agir vite : elle a l'intention de se marier le mois prochain.

Jasper laissa échapper un juron.

Hayley, fiancée ? Comment se faisait-il qu'il ne soit pas au courant ? Bien sûr, ce n'étaient pas ses affaires, mais quand même…

— Elle m'a dit que vous n'étiez pas allé à l'enterrement, dit Duncan.

Jasper détourna le regard vers la collection de diplômes qui ornait les murs.

— Je suis arrivé trop tard, dit-il sur un ton aussi neutre que possible. J'étais en voyage d'affaires à l'étranger.

— Elle en était un peu fâchée, d'ailleurs, continua Duncan. Elle pensait que vous étiez en train de polissonner aux Caraïbes avec Colette, ou Claudia, enfin, avec votre actuelle petite amie, quel que soit son nom.

— C'était Candice, mais je ne suis plus avec elle, dit Jasper en se retournant vers lui.

— Bon, tant mieux, dit Duncan avec pragmatisme. Et alors, quand avez-vous vu Hayley pour la dernière fois ?

— Il y a quelques années, à l'une des garden-parties organisées par mon père au bénéfice de la paroisse de Raymond, dit-il en se crispant intérieurement au souvenir de cette entrevue. J'ai fait un commentaire sur sa tenue, et elle m'a envoyé le contenu de son verre à la figure. Ce qui m'a d'ailleurs coûté une chemise de créateur toute neuve.

— Charmant.

— Oui, du Hayley tout craché, dit Jasper avec une grimace de mépris. Je regrette que mon père ne se soit jamais rendu compte de la fouine que c'était. Il trouvait que Hayley ne ressemblait pas à sa mère. Il croyait voir briller le soleil dans ses yeux bleu-vert. Ah, la, la, ça me rendait malade, cette façon qu'elle avait de lui cirer les bottes en permanence !

— On ne sait jamais, elle a peut-être changé, dit Duncan. Elle ne m'a pas semblé si terrible quand je l'ai vue hier. A vrai dire, elle m'a même fait l'effet d'une fille très gentille.

— Vous avez passé une heure avec elle, grogna Jasper. Moi, d'après ce papier, c'est pendant un mois que je vais devoir la supporter.

— Oui, enfin seulement si vous réussissez à la convaincre de vous épouser, vous et pas Myles Lederman.

— Tiens, tiens ! Myles Lederman. Mon frère Raymond a raison, dit-il avec un sourire étincelant. Il doit y avoir un Dieu, après tout.

— Vous connaissez ce Lederman ?

— Nos chemins se sont croisés par le passé.

— Vous avez peut-être un moyen de pression sur lui, mais à mon avis, ce n'est pas gagné pour autant.

Jasper se leva pour sortir.

— J'épouserai Hayley, dit-il en lançant au juriste un regard déterminé, même si ça implique de la traîner jusqu'à l'autel. Vous allez voir.

— Ton rendez-vous de 15 heures est arrivé, dit Lucy à Hayley en passant la tête par l'embrasure de la porte.

— Merci, Lucy, dit Hayley en lissant le carré de papier jetable qu'elle venait de déposer sur la table de soins. Je suis à elle dans une seconde.

— Euh, en fait, dit Lucy dans un raclement de gorge, c'est un homme. Un homme assez magnifique, d'ailleurs.

Hayley se tourna vers elle, étonnée.

— Mais Mme Fairbright vient toujours à cette heure-ci pour sa teinture des sourcils. Est-ce qu'elle a annulé à la dernière minute ?

— Sûrement… En tout cas, je peux t'assurer que tu ne seras pas déçue par celui qui a pris sa place. Pour ma part, je lui épilerais le torse avec plaisir, enfin ça ou autre chose, tout ce qu'il veut !

— Et qu'est-ce qu'il veut, exactement ?

— Je ne sais pas, dit Lucy en haussant les épaules. Je n'ai pas regardé dans le cahier. Il m'a juste dit qu'il avait rendez-vous à 15 heures, avec toi. Il a bien insisté sur ce point.

— Eh bien, si c'est moi qu'il veut, c'est moi qu'il aura, dit Hayley avec fierté. Et j'accomplirai la mission de Bayside Beauté : offrir à tous mes clients, hommes ou femmes, une thérapie beauté inoubliable.

Elle ajusta sa jolie blouse rose et blanche, afficha son plus beau sourire et rejoignit l'entrée du salon, où elle s'immobilisa à la vue de l'homme qui l'attendait dans l'un des fauteuils en velours.

— Toi ! s'exclama-t-elle dans un souffle, sous le choc.

— Content de te voir, Hayley, dit Jasper d'une voix traînante, en se levant de son siège. Tu vas bien ?

Hayley serra les dents.

— Sors de mon salon. Immédiatement.

Jasper se balança sur ses talons avec nonchalance en regardant autour de lui.

— Ton salon, hein… Quel dommage que tu ne puisses pas le garder…

— Qu'est-ce que tu dis ? fit-elle en plissant les yeux.

— Je viens d'acheter une partie de l'immeuble. Une affaire. C'était quasiment donné.

Hayley sentit son cœur manquer un battement.

— Et alors ?

— Alors…, dit-il en prenant son temps, ça veut dire qu'à compter d'aujourd'hui, je suis ton nouveau propriétaire.

Hayley le regarda, bouche bée.

— Mais c'est… c'est impossible !

Jasper croisa les bras, les yeux brillant de satisfaction.

— J'ai signé l'acte de vente ce matin. C'est pour ça que je suis ici.

La porte d'entrée tinta joyeusement et une cliente fit son apparition. Après lui avoir assuré avec un sourire que Lucy allait s'occuper d'elle dans une minute, Hayley se retourna vers Jasper.

— Nous ne pouvons pas discuter de tout cela ici, chuchota-t-elle d'une voix sèche. Allons dans mon bureau.

Elle l'y conduisit d'un pas nerveux. Chaque fois qu'elle voyait Jasper Caufield, la même violente colère l'envahissait.

Malgré les trois ans qui s'étaient écoulés depuis leur dernière entrevue, rien n'avait changé.

Elle le haïssait encore de tout son cœur.

Elle poussa la porte de son bureau et se réfugia derrière sa table, mais c'était une bien mince protection. Dès que Jasper entra dans la pièce, celle-ci lui parut deux fois plus petite, et quand il s'assit en face d'elle, Hayley sentit ses longues jambes frôler les siennes sous le bureau. Vivement, elle serra les cuisses et se recula sur son siège, en lui jetant un regard furieux.

— J'imagine que tu vas me réclamer un loyer exorbitant, lâcha-t-elle sur un ton plein de ressentiment.

— Ça dépend, dit-il en laissant ses yeux sombres, impénétrables, se promener sur son visage tendu.

— De quoi ?

— De ta coopération.

Elle agrippa le bord du bureau.

— Pourquoi est-ce que tu ne vas pas droit au but ? lui demanda-t-elle. Si tu es venu en espérant m'intimider, tu peux repartir tout de suite : ça ne marchera pas.

— A vrai dire, c'est autre chose qui m'amène.

— Ah oui ? dit-elle avec mépris. En fait, tu veux un soin complet du visage, c'est ça ?

— Je suis venu te demander d'être ma femme.

— Ta quoi ? dit Hayley en clignant des yeux.

— Je veux qu'on se marie, dit-il, en soutenant toujours son regard de ses yeux noirs.

— Ce n'est pas possible, tu plaisantes…

— Pas du tout.

Elle se leva d'un bond et repoussa violemment son siège sous son bureau.

— Comment oses-tu me faire perdre mon temps de cette manière ? lui lança-t-elle avec indignation. Je l'ai dit hier à l'avocat de Gerald : je ne t'épouserais, pas même si tu étais le dernier homme sur terre ! Et tu le sais très bien !

— Ne me dis pas que je vais devoir éliminer tous les

hommes du monde pour savoir si tu dis la vérité, remarqua-t-il, sarcastique.

Elle exhala un soupir rageur et pointa un doigt rigide vers la porte.

— Dehors !

Il se renfonça dans son fauteuil et adopta une pose décontractée, cheville posée sur le genou, qui mit Hayley hors d'elle.

— A toi de me faire sortir.

Hayley frémit devant le défi qui brillait dans les yeux de Jasper. Son cœur s'emballa, et ses jambes faiblirent comme si elle venait de courir le marathon sans entraînement. Elle réagissait toujours de cette façon en présence de Jasper Caufield. Elle ne comprenait pas comment quelqu'un qu'elle détestait autant pouvait, alors qu'il éveillait tant de colère en elle, la rendre en même temps si nerveuse, si peu sûre d'elle.

— Je vais te demander de partir une dernière fois, et ensuite, j'appellerai la police, dit-elle d'une voix aussi ferme que possible.

Jasper se leva et vint se planter juste devant elle. Elle recula, mais son bureau était trop petit pour que cela change grand-chose.

— Ne... Ne m'approche pas, dit-elle, avec une pointe d'angoisse dans la voix.

Il fit un pas en avant et plongea ses yeux dans les siens.

— De quoi as-tu peur, Hayley, lui demanda-t-il. Que je t'embrasse, comme tu m'as supplié de le faire il y a des années ?

Elle serra les dents, les joues en feu au souvenir de cette seule et unique fois où, à sa grande honte, elle avait perdu son sang-froid.

— Tu n'oserais pas.

— Alors là, tu te trompes, dit-il d'une voix suave en saisissant une des boucles brunes de Hayley, qu'il enroula doucement autour de son doigt.

Hayley déglutit péniblement et tressaillit quand le torse de Jasper, qui se rapprochait, effleura ses seins. Elle était atterrée par la façon dont son corps réagissait à sa proximité. Elle sentait ses mamelons se durcir subtilement contre la dentelle de son soutien-gorge, et tout son corps se liquéfier au fur et à mesure qu'un ruban de désir traître se déroulait en elle.

— Tu… Tu n'oublies pas quelque chose ? lui demanda-t-elle en haletant un peu. Je suis déjà fiancée avec quelqu'un.

— Annule.

— Non, c'est hors de question !

— Il te trompe, tu sais. J'ai des preuves.

— Je ne te crois pas, dit-elle.

Pourtant, les doutes qu'elle avait tenté de chasser ces derniers jours revinrent la tourmenter.

— Je peux te montrer des photos, si tu veux, dit-il comme elle se taisait. Elle s'appelle Serena Wiltshire. Grande, blonde, des jambes superbes, une belle poitrine et un sourire ravageur.

Hayley sentit la nausée la gagner. Comment Myles avait-il pu lui faire cela ? Ils étaient supposés se marier dans un mois. Elle venait de payer leur voyage de noces, pendant sa pause déjeuner. Il lui avait dit qu'il l'aimait. C'était le premier homme à l'avoir jamais fait. Il lui avait promis tout ce dont elle rêvait : un mariage, des bébés, une maison dans un faubourg, près du port.

Et elle l'aimait…

Bien sûr qu'elle l'aimait ! Elle balaya ses doutes insidieux, les repoussant tout au fond de son esprit.

— Alors, qu'est-ce que tu en penses ? murmura Jasper, et elle sentit la caresse de son souffle sur ses lèvres. Tu as envie d'être ma femme pendant un mois ?

— Je ne peux rien imaginer de pire, lâcha-t-elle.

— Vraiment ?

Une étincelle passa dans son regard.

— Et si je te prenais ton salon ? Est-ce que ce ne serait pas bien pire ?

— Tu n'oserais p…

Il bloqua la fin de la phrase en posant sur ses lèvres son index tiède.

— Alors là, tu te trompes, répéta-t-il avec une détermination glaçante. Tu vas voir…

Hayley sentit la panique l'envahir. Elle arrivait déjà à peine à payer le loyer ; comment s'en sortirait-elle si Jasper l'augmentait ? La majeure partie de ses bénéfices servait à rembourser l'emprunt qu'elle avait contracté récemment pour rénover les locaux, et même si le salon marchait bien, elle savait que de nouvelles dépenses risquaient de lui être fatales.

— Quand on y pense, c'est l'occasion rêvée pour te venger des infidélités de ton fiancé, dit Jasper en ôtant le doigt de sa bouche. Dis à Lederman que tu es tombée amoureuse de moi. Il sera fou de rage de savoir que tu me préfères à lui.

— Personne ne me croirait si je disais une chose pareille, lâcha Hayley en teintant sa voix de mépris. Tout le monde serait persuadé que je t'épouse pour ton argent.

— Nous allons juste devoir travailler nos talents d'acteur, répliqua-t-il. Tu n'es pas vraiment la femme de mes rêves non plus. Je n'irais pas jusqu'à dire que tu es la dernière que j'épouserais, mais tu es quand même dans le bas de la liste.

Elle lui lança un regard rageur.

— Je vois que tu as encore raté l'examen d'entrée à l'école de la délicatesse.

Il éclata d'un rire énorme et pénétrant que Hayley ressentit jusque dans le ventre, comme une onde de choc.

— Je t'appellerai dans deux ou trois jours, dit-il. En attendant, fais bien attention à toi.

— Une marque d'affection des plus pures et des plus désintéressées, dit Hayley avec un grognement cynique.

— Moi aussi, je t'aime, dit-il en lui envoyant un baiser.

Hayley ressentit un léger frisson quand la porte se referma derrière lui. Quelque chose en Jasper l'inquiétait. Jamais, depuis le temps qu'elle le connaissait, elle ne s'était sentie tout à fait en sécurité avec lui.

Et il était hors de question qu'elle l'épouse.

2.

— Est-ce qu'on dîne toujours ensemble ce soir, Myles ? demanda Hayley, en contrôlant son maquillage dans le miroir de la salle de bains pendant qu'elle téléphonait.

— Euh… Ce soir, ça va être un peu difficile, ma chérie, dit Myles. Je dois rencontrer un nouveau client. C'est un rendez-vous de dernière minute. Je suis un peu coincé.

Hayley se détourna de la glace en voyant la douleur et la déception envahir ses yeux gris-bleu. C'était la troisième fois de suite que Myles annulait leurs projets pour la soirée.

— Ce n'est pas grave, dit-elle, en essayant de ne pas paraître trop dépitée. J'ai de la paperasserie à faire, de toute façon.

— Je suis désolé, Hayley. Mais je t'appelle demain. On pourra peut-être se voir à ce moment-là ?

— D'accord, dit-elle. J'espère que ton rendez-vous de ce soir va bien se passer.

— Oui… Oui, j'en suis sûr. Allez, à demain.

A peine Hayley avait-elle raccroché que le téléphone se remit à sonner. Elle ne reconnut pas le numéro affiché mais répondit quand même.

— Allô ?

— Eh bien, tu vois qu'en fin de compte tu continues de me parler, ironisa Jasper.

La main de Hayley se crispa sur le combiné.

— Je n'ai rien à te dire.

— On dîne ensemble ? proposa-t-il, sans se laisser désarçonner par son ton acide.

— Tu plaisantes, j'imagine.

— Je connais un endroit très bien. Vraiment classe. Et on ne sait jamais qui on va y croiser.

— J'ai du travail, ce soir, dit-elle entre ses dents.

— Du travail que tu ne vas pas faire. Tu vas passer toute la soirée à te morfondre parce que ton menteur de fiancé a annulé votre dîner pour la troisième fois cette semaine.

— Comment est-ce que tu sais ça ! s'écria-t-elle en serrant le combiné encore plus fort. Tu as mis mon téléphone sur écoute ou quoi ?

En entendant le rire profond de Jasper, elle se troubla de nouveau, et sentit ses cheveux se hérisser sur sa nuque.

— Allons, ma belle, dit-il. J'ai besoin de toi et tu as besoin de moi. Allons dîner, et si, par hasard, on tombe sur Myles l'infidèle, tu pourras lui dire en face que tu ne veux plus l'épouser.

— Myles dîne avec un client, répliqua Haley, en faisant de son mieux pour ignorer les légers doutes qui revenaient la ronger. Il s'investit beaucoup dans son agence immobilière, et il a des clients importants. Cela fait partie de son travail de s'assurer qu'ils passent du bon temps.

— Si c'est le cas, tu peux sans inquiétude venir dîner avec moi dans le même restaurant, lui fit-il remarquer. Si Myles n'a rien à cacher, il ne s'étonnera pas de nous voir ensemble. Il sera même heureux de voir que je m'occupe de ma demi-sœur.

— Je ne suis pas ta demi-sœur, protesta-t-elle avec véhémence. Du moins, plus maintenant.

— Comment va ta mère, à propos ? demanda-t-il. Où en est-elle de ses maris ? Au quatrième ou au cinquième ?

Hayley se retint d'avouer à Jasper qu'elle en était au sixième, sachant que cela ne ferait qu'empirer les choses. Elle n'avait pas vu sa mère depuis des mois, mais elle n'allait certainement pas lui dire cela non plus.

— Tu es un vrai salaud, dit-elle à la place.

— Je passe te chercher dans vingt minutes.

— Je n'irai pas dîner avec toi ! cria-t-elle. Je ne veux pas !

Il ne répondit rien. Elle faillit jeter le combiné contre le mur, mais se retint juste à temps. Exaspérée, elle attrapa ses clés de voiture et sortit de chez elle en trombe.

Le nouveau restaurant en bordure du port était bondé, mais Hayley repéra Myles dès la première seconde. Il était assis à l'une des tables du fond, en face d'une blonde plantureuse dont il tenait les mains et qui le regardait avec adoration. Il se pencha alors vers elle, aussi souriant que s'il venait de gagner au loto et, les joues roses de plaisir, planta sur ses lèvres écarlates un baiser sonore.

Hayley était si choquée qu'elle ne se rendit pas tout de suite compte que quelqu'un était entré derrière elle. Puis, consciente d'une présence dans son dos, elle se retourna, et se trouva happée dans les profondeurs insondables du regard de Jasper Caufield.

— Salut, petite fille, dit-il d'une voix douce en lui prenant la main, qui disparut dans la sienne, beaucoup plus grande. Allons, finissons-en. J'ai réservé une table près de la leur.

Hayley sentit qu'elle le suivait, même si quelque chose en elle lui hurlait de partir sur-le-champ. Elle ravala son angoisse en voyant Myles tourner la tête vers elle, tandis que Jasper et elle s'immobilisaient devant sa table.

— Hayley…, balbutia-t-il, cramoisi. Qu'est-ce… Qu'est-ce que tu fais là ?

— Je… Je…

Jasper lui serra la main pour l'encourager.

— Myles, j'ai pris une décision, dit-elle, en serrant brièvement la main de Jasper en retour. Je… Je veux rompre nos fiançailles.

Les yeux de Myles lui sortirent de la tête.

— Tu n'es pas sérieuse ! s'écria-t-il.

— Si, elle l'est, répondit Jasper d'un ton ferme. C'est moi qu'elle épouse, maintenant.

— Vous plaisantez…, fulmina Myles.

— C'est fini, Myles, dit Hayley, en lui rendant sa bague de fiançailles, avec le sentiment qu'elle renonçait en même temps à un futur connu et rassurant.

Myles en resta bouche bée.

— Mais tu dois m'épouser ! s'écria-t-il. Il le faut !

— Pourquoi ? dit Jasper, avant que Hayley puisse réagir.

— Parce que…, fit-il en avalant sa salive. Parce que c'est moi que tu aimes… Tu m'aimes, n'est-ce pas, Hayley ?

— Eh bien, non, dit-elle en se mordant la lèvre. Je le croyais, mais… Pendant tout ce temps, j'étais secrètement amoureuse de Jasper.

— De Jasper ? dit Myles, abasourdi. Mais tu m'as toujours répété que tu le haïssais. Qu'il t'avait rendu malheureuse pendant toute ton adolescence et…

— Tout ça est réglé, à présent, le coupa Hayley, déterminée à le quitter en conservant un peu de fierté. Nous nous aimons, et nous allons nous marier aussi vite que possible.

— Mais… Et la réception ? Ma mère a déjà envoyé toutes les invitations… La location de la salle m'a coûté une fortune, et…

— C'est moi qui ai tout payé jusqu'ici, l'interrompit sèchement Hayley. Y compris notre voyage de noces.

— Qui ne sera pas perdu pour tout le monde, dit Jasper en enlaçant la taille de Hayley et en la regardant avec des yeux brillants, un sourire sensuel aux lèvres. J'ai hâte de l'enlever à sa routine et de lui montrer jour et nuit à quel point je l'adore.

Hayley sentit le feu lui monter aux joues, mais aussi se propager dans tout son corps.

— Monsieur Caufield, intervint un serveur avec un sourire, votre table est prête. Et le champagne arrive.

— Merci Giovanni, dit Jasper.

Puis il se retourna vers Myles :

— Sans rancune, mon vieux.

Il considéra la blonde à l'opulente poitrine assise en face de Myles et lui adressa un clin d'œil avant de reprendre :

— Mais il me semble que tu as ce qu'il faut pour te consoler de l'annulation de tes fiançailles. Ciao.

Hayley le suivit jusqu'à leur table d'un pas incertain, l'amour-propre en miettes. Elle s'assit dans le fauteuil que Jasper recula pour elle, et, bouleversée, le regarda s'asseoir en face d'elle.

— Ça s'est plutôt bien passé, tu ne trouves pas ? lui dit-il avec un sourire étincelant.

Elle lui jeta un regard venimeux et ne répondit rien. Comment tout cela pouvait-il... l'amuser autant ? Elle venait de subir une épreuve des plus pénibles, et il trouvait ça drôle.

Il se pencha vers elle et murmura d'une voix profonde :

— Ecoute, petite fille, ils ont les yeux rivés sur nous. Alors détends-toi et comporte-toi un peu plus comme une jeune femme éperdue d'amour.

Deux grosses larmes jaillirent de ses yeux.

— Je n'arrive pas à croire qu'il ait une liaison avec elle.

Elle renifla et chercha un mouchoir dans son sac, jusqu'à ce que Jasper lui tende discrètement le sien. Elle s'y moucha et le lui rendit. Jasper fit la grimace.

— Non, tu le gardes.

Hayley le glissa dans son sac en continuant à renifler.

— Elle n'est même pas jolie. Et ces seins... ils ne peuvent pas être vrais. Et elle est tellement maquillée qu'on dirait une... une prostituée, nom de Dieu !

Elle déplia sa serviette d'un coup sec et poursuivit sa tirade rageuse.

— C'est pour ça qu'il n'était jamais libre ! Comment est-ce que j'ai pu me laisser avoir pendant tout ce temps ? Trois mois que je suis avec lui, trois mois qu'il me ment...

— Attends, dit Jasper. Tu ne le connais que depuis trois mois ?

— Oui, dit-elle en le regardant, les yeux encore humides. Qu'est-ce que ça peut faire ?

Il se renfonça dans son fauteuil, l'air ironique.

— Comment est-ce que tu peux décider en trois mois que tu veux passer le reste de ta vie avec quelqu'un ?

— Au bout de trois jours, je savais déjà que je voulais

l'épouser. Il avait envie des mêmes choses que moi. Un mariage en blanc, des enfants, et une union durable.

— C'est complètement ridicule. C'est chercher les ennuis que de se lier à quelqu'un qu'on ne connaît pas suffisamment. On ne sait jamais quels secrets il peut cacher.

— Tu dis ça pour toi ? répliqua-t-elle avec une moue sarcastique.

— Tais-toi, Hayley, lâcha-t-il, soudain agressif. Tu ne sais pas de quoi tu parles.

— Je vois assez souvent June Beckforth, la nouvelle belle-mère de Miriam, tu sais, dit-elle d'un air de défi. C'est une cliente. Et elle me parle de ton fils. Tu avais demandé à Miriam d'avorter, tu te souviens ?

Il serra les mâchoires.

— Je ne lui ai jamais demandé de faire ça.

Hayley leva les yeux au ciel et fit semblant de bâiller.

— Mon Dieu… Toujours la même histoire…

— Tu ne sais pas de quoi tu parles, répéta Jasper d'une voix dure. Je te préviens, je…

Le serveur s'approcha, une bouteille à la main.

— Champagne, mademoiselle ?

— Oui… Merci…

— Monsieur Caufield, dit le serveur en se tournant vers Jasper pour remplir son verre. Que fêtons-nous ce soir ?

Hayley lança à Jasper un regard sans pitié et, levant les yeux vers le serveur, ronronna avec un doux sourire :

— Nous nous marions. J'ai réussi à apprivoiser le plus farouche célibataire qui soit. Cela mérite d'être fêté, non ?

— Mais bien sûr, dit le serveur, ravi. Quand la cérémonie a-t-elle lieu ?

— Dans trois semaines, répondit-elle, toujours avec le même sourire rêveur, en espérant déstabiliser Jasper. C'est presque trop de bonheur.

— Toutes mes félicitations, dit le serveur.

Quand il se fut éloigné, Jasper riposta.

— Ecoute, ma petite chérie, tu peux arrêter tout de suite ton numéro de battement de cils. Je veux que les gens voient notre mariage comme une union sincère et totale. Si tu continues à suggérer, de quelque manière que ce soit, que ce n'est pas le cas, tu peux d'ores et déjà dire adieu à ton salon.

— Tu es vraiment infâme.

— Je sais ce que je veux, répliqua-t-il avec un regard menaçant.

Un autre serveur leur apporta les menus et deux petits pains croustillants, et disposa devant eux leurs couverts.

Quand il fut reparti, Hayley prit une grande gorgée de champagne et demanda, l'air suspicieux :

— Qu'est-ce que tu entends par une « union sincère et totale » ? Tu n'espères quand même pas qu'on va coucher ensemble ?

Il lui lança un regard plein de dédain.

— Ah non, certainement pas.

Hayley espéra que sa surprise devant la véhémence du ton de Jasper ne se lisait pas sur son visage.

— Bon, très bien, dit-elle. Parce que ce serait hors de question, même si tu me payais.

— Et il est hors de question que je te paye pour ça, dit-il. D'abord, parce que je n'ai jamais eu à dépenser un centime pour mettre une femme dans mon lit. Et ensuite, parce que ce serait jeter l'argent par les fenêtres, dans la mesure où les gamines pourries gâtées dans ton genre ne me font aucun effet.

Hayley baissa les yeux, en se demandant pourquoi cette dernière pique l'avait autant affectée. Même si elle n'était pas vaniteuse, elle se savait jolie : ses clientes passaient leur temps à vanter son teint d'opale, ses épaisses boucles brunes et ses yeux bleu-vert qui changeaient de couleur avec son humeur. Bien sûr, elle devait perdre un peu de poids, mais c'était le but de ses séances de gymnastique.

— Tant mieux, parce que tu ne me fais aucun effet non plus, mentit-elle vaillamment avant de boire une nouvelle gorgée de champagne.

Il avait beau se rendre détestable, il provoquait en elle une irrésistible réaction physique.

— Parfait, dit-il. Mais il ne faudrait pas que ça change. Je ne voudrais pas que tu t'imagines que ce mariage va durer.

— J'ai l'impression qu'on a un peu trop flatté ton ego, dit-elle avec mépris.

— C'est ce qui arrive quand on est millionnaire et célibataire.

— Oui, ça doit être ça. Il n'y a que ton argent qui les intéresse, tu sais.

— Et moi qui croyais que c'était mes talents d'amant…

Hayley se sentit devenir écarlate.

— Tu sais, je hais vraiment les hommes comme toi. Vous croyez pouvoir tout acheter.

— Et c'est la vérité.

— Non. Je peux très bien refuser de t'épouser.

Jasper se pencha vers elle et lui saisit la main.

— Oui, tu peux, mais ça aura des conséquences. Tu veux que je te rappelle lesquelles ?

Hayley sentit quelque chose vibrer dans son ventre quand les longs doigts bruns de Jasper s'enroulèrent autour des siens, consciente de leur force malgré l'apparente douceur de leur étreinte.

Ses yeux la terrifiaient, eaux sombres emplies de mystère et de dangereux secrets. Il était impitoyable en affaires, ce qui lui avait permis de faire fortune très jeune dans l'immobilier. Il n'avait eu besoin d'aucune aide financière de son père, qui ne lui avait pas pardonné la honte dont il avait couvert sa famille à l'âge de dix-huit ans. A présent, à trente-trois ans, il était au sommet de sa gloire.

Il était très beau, avec des allures de mauvais garçon. Ses cheveux noirs et brillants, mi-longs et décoiffés, lui donnaient toujours l'air de sortir d'une fougueuse nuit d'amour, ce qui n'aidait pas Hayley à garder la tête froide.

— J'ai travaillé dur pour monter mon salon, dit-elle en se dégageant. Gerald était très fier de ma réussite.

— Normal, il l'avait financée.

— C'est faux ! s'écria-t-elle. Il me l'a proposé, mais j'ai refusé.

« Surtout après ce que ma mère lui avait fait », ajouta-t-elle en pensée.

Jasper se pencha sur le menu avec un grognement.

— Tu as toujours su les mener par le bout du nez, lui et Raymond. Dès que tu étais là, plus personne ne comptait.

— Et ça t'agaçait, n'est-ce pas ? Mais c'est ta faute. Tu ne manquais pas une occasion de le faire enrager.

— Et toi, tu ne manquais pas une occasion de faire ta fayote et d'aller lui raconter ma vie, toujours à fourrer ton petit nez de cochon dans ce qui ne te regardait pas, répliqua-t-il en reposant brutalement le menu.

— Mon nez de cochon ? dit Hayley.

— Oui, ton nez de cochon.

Du bout du doigt, elle suivit le contour de son nez.

— Tu le trouves vraiment si vilain que ça ?

Face à son anxiété, Jasper se sentit coupable. Il avait bien conscience d'agir comme un rustre, mais il n'arrivait pas à s'en empêcher. Hayley l'avait toujours exaspéré. Elle éveillait en lui des sentiments insupportables. Sa manie de tout rapporter à son père avait pu lui donner envie de l'étrangler, mais, l'instant d'après, il voulait la dévorer de baisers.

— Bon, j'exagère peut-être un peu, dit-il, mais c'est vrai qu'il remonte au bout.

— Et tu trouves ça laid ? dit-elle d'un ton angoissé. Mon Dieu, ce n'est pas étonnant que Myles…

— Bon sang, Hayley, ton nez n'a rien à voir dans cette histoire. Myles est un crétin fini et tu devrais te réjouir de t'être débarrassée de lui. A propos, il est parti il y a vingt minutes, et il ne s'est pas retourné une seule fois dans ta direction. Mais ça n'a rien à voir avec ton apparence. Tu es très bien. Vraiment très bien. Tu as de très belles jambes.

Son visage s'éclaira.

— Tu trouves ?

— Oui, dit-il avec un sourire en coin. Tu as de la chance : tes jambes compensent largement ton vilain nez.

— Goujat, dit-elle en lui donnant une claque sur le bras.

— C'est comme ça que tu m'aimes.

— Je ne t'aime pas, dit-elle en secouant sa crinière brune.

— Je sais, mais ça, c'est un secret entre toi et moi. Le reste du monde doit penser le contraire.

— Est-ce que ça signifie que tu vas devoir ralentir ta phénoménale activité sexuelle au cours du prochain mois ?

— Qu'est-ce que tu sais de ma vie sexuelle ?

— Je lis les journaux à scandales, de temps en temps, lui répondit-elle avec mépris. Il y a toujours au moins une photo de toi, avec une femme différente à ton bras chaque semaine. C'est répugnant.

— C'est excitant, oui, répliqua-t-il dans un sourire. Tu es juste jalouse parce que tu es en manque.

Elle serra les dents.

— Et comment est-ce que tu vas supporter ce mois d'abstinence ?

— Ne t'inquiète pas. Je serai discret.

Elle sentit son cœur se tordre dans sa poitrine.

— Tu veux dire que tu vas coucher avec d'autres femmes pendant que tu vis avec moi ?

— A moins que tu ne me proposes tes services, ma chérie. Je les accepterais avec grand plaisir.

Hayley plongea la tête dans le menu. La dernière chose à laquelle elle voulait penser, c'était à la possibilité de faire l'amour avec Jasper. Le simple fait de sentir ses longues jambes si proches des siennes lui donnait déjà des palpitations. Et voilà qu'elle imaginait son corps dur et puissant insufflant son désir en elle, sa bouche sensuelle l'entraînant au paradis…

Elle réprima un frisson et choisit le plat le plus riche du menu. A défaut de perdre du poids, elle devait à tout prix éviter de perdre la tête.

Surtout pour lui…

3.

— Alors, où est-ce que vous aviez prévu d'aller en lune de miel, avec Myles ?

— A Green Island, répondit-elle avec un haussement d'épaules.

— Je pensais ce que je disais, tu sais. Ce serait stupide de gâcher ces vacances.

Elle leva les yeux vers lui, soudain prise de panique.

— Tu veux dire y aller ensemble ? Toi et moi ? Tout seuls ?

— C'est ce que font les jeunes mariés, non ?

— Mais ce n'est pas avec toi que je veux partir.

— Tu sais, Hayley, dit-il d'un air pensif, honnêtement, je ne crois pas que tu aies jamais aimé Myles.

— Mais bien sûr que je l'aimais !

— Tu l'aimais ? dit Jasper en haussant un sourcil.

— Je veux dire, je l'aime, corrigea-t-elle en hâte. C'est que je suis encore sous le choc… Sa liaison…

— Et pourtant, ce n'était pas du tout l'homme qu'il te fallait. D'abord, il est assez vieux pour être ton père, et surtout, il n'a pas assez de morale pour quelqu'un comme toi.

— Tu es bien placé pour parler de morale, dit-elle avec un regard caustique. Tu as dû briser des centaines de cœurs depuis ton adolescence.

— Qu'est-ce que j'y peux si je plais aux femmes ?

— Tu ne me plais pas à moi.

— Mais je t'ai plu. Tu te souviens ?

Hayley regrettait de ne pouvoir effacer de leurs mémoires ce stupide incident, survenu le soir de son seizième anniversaire, lorsque, après une fête un peu trop arrosée, elle s'était glissée dans la chambre de Jasper et l'avait supplié de lui faire l'amour. Le souvenir du mépris qu'il lui avait manifesté alors en se dégageant froidement de ses doigts avides et en l'escortant hors de sa chambre, n'avait cessé de la torturer depuis, et Jasper ne manquait jamais une occasion de le lui rappeler.

— Et je suis sûr que je te plais encore, la taquina-t-il.

— Non, j'aime mieux les hommes qui ont une conscience. Ce que tu as fait à Miriam Moorebank est impardonnable.

Il la foudroya du regard.

— Tu sais, je crois que ça va me plaire d'être marié avec toi, lâcha-t-il. Je vais en profiter pour te mater comme quelqu'un aurait dû le faire depuis longtemps.

Hayley frémit et sentit son pouls s'accélérer.

— Je n'ai pas encore dit que j'acceptais, lança-t-elle dans un dernier effort pour le défier.

— Je ne vais pas te laisser le choix. J'ai fait quelques recherches sur l'état de tes finances : il me faudrait à peine trois mois pour te mettre en faillite.

Hayley sentit la sueur lui perler dans le dos. Jasper était bien renseigné, et elle savait qu'il ne lui témoignerait aucune pitié. Dégoûtée par son chantage, elle lui lança avec hargne :

— Tu as piégé Myles, n'est-ce pas ? Tu as payé cette femme pour le séduire !

Hayley avait du mal à contenir sa rage. Les nerfs à vif, elle tendit la main vers son verre de vin, et vit Jasper empoigner la bouteille et l'éloigner d'elle.

— Espèce d'ordure ! s'écria-t-elle, les yeux brillant de colère. Tu as payé cette femme pour briser mes fiançailles ! Comment est-ce que tu as pu faire une chose pareille ? Comment ?

— Tu tires des conclusions bien hâtives. Je n'ai rien à voir dans cette histoire. Le monde de l'immobilier est tout petit. Je discutais avec une connaissance commune, qui m'a dit que ton ex-fiancé était un tombeur. J'ai pensé qu'il valait mieux que je te prévienne avant que tu t'y brûles les doigts.

— Je ne te crois pas, riposta Hayley. C'est exactement le genre de chose que tu es susceptible d'inventer pour arriver à tes fins.

— Ecoute, trésor, dit Jasper d'une voix posée, il me semble que si ton ex-fiancé est le genre de type à se laisser séduire par Serena Wiltshire, alors ce n'est vraiment pas un homme pour toi. S'il t'avait aimée, personne, je dis bien : personne, même la femme la plus sublime et la plus déterminée, n'aurait pu le détourner de toi.

Au fond d'elle-même, Hayley savait que c'était vrai, mais elle ne voulait pas le reconnaître. Elle détestait l'idée que Jasper ait raison. Elle détestait Jasper, tout court.

— Quand on y réfléchit, je t'ai rendu service, dit-il. Imagine à quel point ça aurait été pénible de découvrir qu'il te trompait une fois mariée, quand vous auriez eu des enfants…

Jasper remarqua que Hayley se mordait la lèvre, et vit ses yeux bleu-vert s'embuer de nouveau, et ses petites mains jouer de façon absente avec son verre. Il sentit quelque chose en lui vibrer et s'attendrir, quelque chose d'indéfinissable.

Elle releva vers lui des yeux brillant de larmes.

— Tu ne l'as vraiment pas payée pour rompre mes fiançailles ?

Il lui prit la main et enroula ses doigts autour des siens.

— Non, répondit-il, l'air grave. Ce n'est pas la première, et à mon avis ce n'est pas la dernière. Certains hommes ont un penchant pour ce genre de choses.

Hayley baissa les yeux vers leurs mains entrelacées : les longs doigts bronzés de Jasper, parsemés de quelques poils virils, tout contre les siens, menus et d'une blancheur de crème.

Ombre et lumière. Dureté et douceur. Homme et femme. Mari et femme…

Elle dégagea sa main et, mal à l'aise, se renfonça dans son fauteuil, en s'efforçant de chasser de son esprit cette pensée ridicule. Qu'est-ce qui lui prenait ? Un seul verre de vin ne pouvait quand même pas la désinhiber à ce point…

— J'ai demandé à Raymond de nous marier, dit Jasper, mais il n'avait pas l'air très enthousiaste, étant donné les circonstances.

— J'imagine que tu vas ridiculiser ton frère parce qu'il défend les principes de sa religion, répliqua Hayley. Mais c'est un honnête homme qui consacre sa vie à aider les autres, et tu pourrais au moins le respecter pour ça. Il a fait un travail extraordinaire avec les jeunes sans-abri de la ville.

— Mais oui, lâcha Jasper avec un rictus cynique, tout le monde aime Raymond.

— Il rendait visite à Gerald presque tous les jours pendant les dernières semaines. Tu n'es pas venu une seule fois.

— Je n'en voyais pas l'intérêt. Mon père a toujours préféré Raymond, sans parler de toi, bien sûr. Chaque fois que je venais, ça le mettait de mauvaise humeur, alors j'ai fini par arrêter.

— Mais en même temps, tu faisais tout pour le contrarier, dit Hayley. On avait l'impression que tu prenais plaisir à le choquer.

Jasper saisit la bouteille pour remplir leurs verres, et Hayley vit une ombre passer sur son visage.

— Mon père aimait penser qu'il pouvait me contrôler, dit-il. Mais je n'étais pas prêt à jouer le jeu.

— Je vois que ça a changé. Maintenant, tu suis ses règles à la lettre.

Il plongea ses yeux dans les siens.

— Je veux cette propriété, Hayley, et rien ni personne ne pourra m'empêcher de l'obtenir.

— Sauf moi, lui rappela-t-elle d'une voix sèche.

Il soutint son regard, les yeux brillants.

— Si tu me cherches, tu vas me trouver, ma chérie. Tu veux une vraie bonne bataille bien sournoise : je suis partant. Mais je te préviens, c'est toi qui as le plus à perdre dans cette histoire.

Elle faillit lui lancer qu'il n'oserait pas, mais elle se retint juste à temps. Il oserait, elle le savait.

— Mais je n'ai aucune envie de t'épouser, grogna-t-elle, les yeux fixés sur le contenu rouge sang de son verre.

— Si ça peut te consoler, moi non plus. Mais c'est la seule façon pour nous d'obtenir ce que nous voulons.

— Oui, enfin, surtout pour toi…

Jasper l'observa un moment.

— Est-ce que ça t'a déçue que mon père ne te laisse pas davantage ?

— Non, bien sûr que non…, répondit-elle, l'air sincèrement surpris par sa question. Il n'y a pas de raison… Je n'étais que sa belle-fille. Et encore, plus vraiment.

— Ça ne change rien : tout le monde pensait qu'il te léguerait le domaine.

— Tout le monde, c'est-à-dire toi, répliqua-t-elle, caustique. Tu sais, je n'ai jamais rien demandé à Gerald. J'étais étonnée qu'il ne partage pas tout de façon égale entre Raymond et toi. Il a dû changer d'avis à la dernière minute, ajouta-t-elle, pensive.

— Il s'est peut-être dit que l'Eglise subviendrait aux besoins de Raymond, dit Jasper, et, après un imperceptible silence, il ajouta : Mon frère a toujours eu la vocation. C'était son rêve, de devenir prêtre.

Quelque chose dans le ton de sa voix tira Hayley de ses réflexions.

— Et tu l'admires, n'est-ce pas ? dit-elle, incapable de dissimuler sa surprise. Je croyais que vous ne vous entendiez pas.

Jasper resta impassible.

— C'est mon grand frère, dit-il. On a parfois été en conflit, mais comme tous les frères… Et oui, pour répondre à ta question, je l'admire de se sacrifier pour les autres. C'est une chose que peu de gens sont prêts à faire.

Hayley fit glisser son doigt sur le bord de son verre et laissa le silence flotter entre eux pendant quelques instants.

— A propos du contrat prénuptial…

— Oui, quoi ? dit Jasper en se raidissant.

— Ton père a bien précisé qu'il ne devait pas y en avoir.

— Et alors ?

De nouveau, elle le regarda droit dans les yeux.

— Alors, tu es dans une situation très précaire, dit-elle, choisissant ses mots avec soin. Si j'accepte de t'épouser, au moment du divorce je pourrai légitimement te réclamer la moitié de tes biens, ou du moins une grande partie.

Le visage de Jasper se durcit.

— J'avais raison sur ton compte depuis le début, pas vrai ? Mon père était vraiment aveugle. Il te croyait différente de ta mère, mais tu es comme elle, un vrai rapace !

Hayley voulut se défendre, mais se retint. Jasper la détestait et, quoi qu'elle dise, elle ne pourrait rien y changer. Elle se moquait bien de son argent, mais si elle en récupérait une partie, elle le donnerait à Daniel Moorebank, le fils qu'il avait abandonné.

— J'accepte de t'épouser, annonça-t-elle en relevant le menton.

Jasper plongea les yeux dans les siens.

— Pourquoi ai-je donc le sentiment que je vais regretter cette décision ?

— Il faut savoir ce que tu veux. Comme tu l'as dit, ce n'est que pour un mois ; tu vivras ta vie et je vivrai la mienne. Ce sera fini avant qu'on ait le temps de dire ouf.

Il tambourina des doigts sur la table, les yeux toujours fixés sur ceux de Hayley.

— Alors tu es vraiment prête à devenir ma femme ?

— Oui, si cela implique juste de vivre dans la même maison, pas de dormir dans le même lit.

— Pas de problème.

— Alors chez qui est-ce qu'on va vivre ?

— Chez moi, bien sûr.

Hayley sentit son estomac se nouer. L'idée de vivre chez lui plaçait d'un seul coup les choses dans une perspective tellement plus intime…

— Et pourquoi est-ce que ce serait à moi de déménager ? demanda-t-elle.

— Parce que tu vis dans un petit appartement, et moi dans une grande maison près du port. Fin de la discussion.

Hayley serra les dents et se prépara à riposter, mais elle se souvint alors d'une photo de la résidence de Jasper qu'elle avait vue dans un magazine. Il avait pour voisins trois stars de cinéma et, si cela ne suffisait pas pour la séduire, la piscine, le court de tennis et la salle de sport avec sauna et Jacuzzi pouvaient au moins la faire réfléchir à deux fois avant de rejeter la possibilité d'y vivre un mois pour rien. En outre, c'était en effet beaucoup plus grand que chez elle, ce qui lui permettrait peut-être d'éviter Jasper plus facilement.

— D'accord, dit-elle, tu as gagné. J'emménagerai chez toi, mais on doit définir des règles dès le départ.

Il posa le coude sur le dossier de son fauteuil et but une gorgée de vin.

— Ça me va, dit-il.

— Premièrement, je ne fais ni la cuisine, ni le ménage, ni le repassage, ni les courses, ou alors, des courses pour moi.

— J'ai une bonne qui s'occupe de tout ça, donc ça n'a pas d'importance, dit-il. Cela dit, elle risque de trouver bizarre qu'on ne dorme pas dans le même lit.

— Dis-lui que tu ronfles. Beaucoup de couples font chambre à part pour cette raison.

— Bonne idée, dit-il avec un petit sourire. Ça pourrait marcher.

— Deuxièmement, je trouve normal que si tu continues à fréquenter d'autres femmes, j'aie moi aussi une vie sociale de mon côté.

Jasper reposa son verre sur la table.

— Non. Hors de question.

Elle le fixa d'un air abasourdi.

— Non ? Comment ça, non ?

— Je ne peux pas tolérer que ma femme sorte avec d'autres hommes. Je suis quelqu'un de connu. La presse en ferait les gros titres et je serais la risée de tout le monde. Et puis, aucun homme n'aime l'idée que sa femme passe du temps avec d'autres hommes derrière son dos. C'est une affaire de fierté masculine.

— Et ma fierté à moi, tu y penses ? Qu'est-ce que je suis censée ressentir, si je sais que tu batifoles avec d'autres femmes ?

— Je t'ai dit que je serais discret.

— Que penses-tu d'un compromis ?

— Quel genre de compromis ? demanda-t-il avec un regard suspicieux.

— L'abstinence, pour le mois où nous serons mariés.

Il en resta bouche bée.

— Tu plaisantes, j'espère ?

Elle croisa les bras sur sa poitrine et secoua la tête.

— Non, pas du tout.

Il passa la main dans ses épais cheveux noirs puis sur sa mâchoire et, en entendant le raclement de sa paume contre sa barbe naissante, Hayley eut la sensation qu'on lui chatouillait le ventre avec une longue plume douce.

— C'est impossible, répondit-il enfin. Ce n'est pas naturel.

Elle ne répondit rien, et soutint son regard avec détermination.

— Nom de Dieu, dit-il avec une grimace dépitée, tu y tiens vraiment.

— C'est à prendre ou à laisser, dit-elle. Si tu tiens le coup pendant un mois, je ne te demanderai pas un sou au moment du divorce. Qu'est-ce que tu en penses ?

— J'en pense que ça ressemble à beaucoup de contrats que j'ai déjà vus : ça sent l'arnaque.

— Si tu veux Crickglades, ce n'est pas un bien gros sacrifice. Et puis, après tout, tu me demandes de n'avoir aucune liaison pendant un mois ; je ne vois pas pourquoi je ne pourrais pas t'en demander autant.

Il sonda son regard.

— Tu ne fais ça que pour me contrarier, n'est-ce pas ?

Elle réprima un sourire.

— Essaie de voir ça comme une cure de repos, dit-elle en rougissant légèrement. A en croire les journaux, cela fait des années que tu y passes toute ton énergie. Je ne voudrais pas que tu t'épuises à la tâche.

— Ne t'inquiète pas pour moi, répliqua-t-il avec un sourire entendu.

Elle rejeta ses longs cheveux derrière son épaule.

— Les rebondissements de ta vie sexuelle ne m'intéressent absolument pas.

— Et c'est bien normal, dit Jasper, toujours avec le même sourire.

Nom de Dieu, elle était tellement mignonne quand elle rougissait comme ça ! Comment se pouvait-il qu'il ne l'ait jamais remarqué auparavant ? Et cette façon qu'elle avait de se mordre la lèvre…

— Ma vie est bien remplie, continua-t-elle en évitant toujours son regard.

— Il n'y manque que le sexe.

Elle planta les yeux dans les siens, le visage en feu.

— C'est faux !

Il haussa un sourcil.

— Pas en ce qui concerne Myles, si ?

— Je ne suis pas vierge, si c'est à ça que tu penses, dit-elle en se mordillant la lèvre pendant quelques secondes.

— Oui, je commençais à me poser la question. Mais je me suis souvenu que tu avais vingt-huit ans. Tu as quand même eu le temps de fauter avec un certain nombre d'hommes, avant de rencontrer Myles.

— Ce ne sont vraiment pas tes affaires.

Hayley aurait aimé pouvoir brandir une longue liste d'amants pour clouer le bec à Jasper, mais la vérité, c'était qu'elle n'en avait eu qu'un seul, un certain Warren Porter, qui lui avait ôté toute envie de renouveler l'expérience ; ils avaient tous les deux dix-neuf ans et il avait fait preuve d'une maladresse rare. A la fin, il s'était répandu en excuses, honteux de n'avoir pas su lui donner plus de plaisir. Elle lui avait tapoté le bras, avec le sentiment d'être sa mère, et lui avait assuré que ce n'était pas de sa faute, et que, de toute façon, elle n'était pas prête pour une relation sérieuse.

Quant à Jasper Caufield, elle n'arrivait pas à imaginer qu'il ait jamais pu laisser une seule de ses amantes sur sa faim. Il dégageait un puissant magnétisme sexuel : sa bouche sensuelle semblait pouvoir conquérir, en un baiser, la femme la plus déterminée à lui résister.

De nouveau, elle baissa les yeux vers sa bouche, et déglutit en le voyant passer sa langue sur ses lèvres après avoir vidé son verre. Elle arrivait presque à imaginer les sensations que lui procurerait le contact de cette bouche contre la sienne : cela ne ressemblerait ni aux assauts hésitants et maladroits de Warren, ni à la bise de retrouvailles et d'adieu que Myles avait pris l'habitude de lui donner récemment. Les lèvres de Jasper seraient à la fois douces et autoritaires, et, à travers elles, sa langue déterminée s'unirait intimement à la sienne.

— Tu veux un dessert ? Je crois me rappeler que tu avais un faible pour le chocolat…

Elle esquissa une grimace au souvenir de ses excès adolescents.

— Seulement quand je me sens déprimée, dit-elle.

— Et alors, maintenant ? Tu ne te sens pas déprimée ?

Il la regarda longuement dans les yeux, l'air ravi.

— On dirait bien que j'avais raison, dit-il enfin, rêveur. Tu n'étais pas amoureuse de Myles. Est-ce qu'il ne vaut même pas une petite part de gâteau aux trois chocolats ?

— Tu as raison, dit-elle en relevant la tête d'un air de défi. Au diable les calories : ce n'est plus comme si j'avais besoin d'être sublime pour le jour de mon mariage…

Il rit et le roulement grave et profond de son rire résonna dans le ventre de Hayley, où elle savait qu'il ferait bien plus de ravages que n'importe quelle quantité de gâteau aux trois chocolats.

— Je te reconnais bien là, s'exclama-t-il avec un clin d'œil. Tu n'as jamais su résister à la tentation.

Elle baissa les yeux vers le menu, en faisant de son mieux pour ignorer les battements de son cœur, consciente que pendant un mois, tous les jours, ce serait lui, sa tentation.

Quatre semaines, seule avec lui.

Comment allait-elle lui résister ?

4.

— Ton fiancé est là, dit Lucy à Hayley une semaine plus tard.

Hayley leva les yeux de la paperasse qu'elle essayait de trier depuis une heure.

— Myles ?

Lucy haussa légèrement les sourcils.

— Euh… non. Le nouveau : tu sais, le magnifique, le sexy, l'irrésistible Jasper Caufield.

— Ah, celui-là…

Lucy s'assit sur le bord du bureau de Hayley.

— Tu es sûre que tu veux vraiment aller jusqu'au bout ? lui demanda-t-elle. Je veux dire, un mariage de convenance, c'est quand même un mariage.

— Sur le papier seulement.

— Mais tu ne crois pas que vous allez être tentés d'en faire un vrai mariage, pendant ce mois de vie commune ?

— Absolument pas, dit Hayley, en se demandant si elle n'avait pas répondu un peu trop vite, et de façon un peu trop catégorique pour être convaincante.

La vérité, c'est qu'elle avait passé plusieurs nuits à songer au pétrin dans lequel elle s'était mise en acceptant ce mariage temporaire avec Jasper. Mais elle n'avait pas le choix. Elle s'était renseignée de son côté et avait découvert qu'il était à présent propriétaire de tout le pâté de maison dans lequel se trouvait son salon, ce qui rendait ses menaces bien plus réelles et angoissantes.

— Est-ce que quelqu'un à part moi est au courant de la supercherie ? demanda Lucy.

— Non, et je préférerais que tu gardes le secret aussi longtemps que possible. Je ne veux pas que Myles le sache. Il m'a humiliée, et si ce mariage peut au moins servir à lui rendre la pareille, j'en serais ravie. Bon Dieu, quand je pense à cette grognasse… J'enrage !

— Tu sais, je n'ai jamais pensé que Myles était l'homme qu'il te fallait, dit Lucy en examinant ses ongles manucurés.

— Qu'est-ce qui te fait dire ça ?

Lucy releva les yeux vers elle, l'air grave.

— Tu sais, je crois que tu as un immense besoin de sécurité. Tu as toujours été comme ça, je m'en suis fait la réflexion dès notre première année à l'école d'esthétique, quand je t'ai rencontrée. Ça vient sûrement du fait que tu n'as jamais eu de père, et que ta mère a toujours été si… enfin, tu vois ce que je veux dire, dit-elle en rougissant un peu. Tu m'en as raconté assez pour me laisser imaginer à quel point ça devait être difficile de grandir avec elle, et de la voir passer d'un homme à l'autre. Du coup, j'ai toujours eu l'impression que, pour toi, Myles était plus une figure paternelle que le compagnon idéal.

Hayley se mordilla la lèvre et poussa un soupir à peine audible. Cela l'ennuyait que sa meilleure amie lui répète exactement la même chose que son pire ennemi.

— Je ferais bien d'aller voir ce que Jasper me veut, dit-elle.

Jasper leva les yeux de son magazine en voyant arriver Hayley. Il se leva et elle se sentit minuscule à côté de lui, malgré ses talons aiguilles.

— Bonjour, ma puce, dit-il. Ça te dit un petit café avec ton fiancé préféré ?

— J'ai des rendez-vous tout l'après-midi, mentit-elle.

Il lui prit la main et, sans détacher son regard sombre, magnétique, de ses yeux bleu-vert, déposa un baiser très doux à la base de son pouce. Hayley sentit ses jambes se liquéfier tandis que Jasper, du bout de la langue, goûtait le centre de sa paume.

— Mmm… Qu'est-ce que c'est que ce goût ? demanda-t-il en reniflant sa paume.

— Euh…, fit-elle en s'efforçant de calmer sa respiration, ça doit être ma crème pour les mains à la vanille.

Il lui lâcha la main et baissa les yeux vers le cahier de rendez-vous, posé ouvert sur le comptoir de la réception. Hayley avait annulé tous ses rendez-vous de l'après-midi pour étudier, en urgence, sa comptabilité.

— Eh bien, ça alors ! s'exclama Jasper. Finalement, tu es libre tout l'après-midi. J'en ai de la chance !

— J'ai de la paperasse à faire, dit Hayley en pinçant les lèvres.

— Je peux attendre. J'ai quelque chose pour toi.

— Tu peux me le donner ici.

— Non, je ne peux te le donner que dans l'intimité la plus totale.

Elle plissa les yeux, l'air soupçonneux.

— J'espère que tu n'es pas en train de te faire des idées sur notre relation, dit-elle en s'agrippant au comptoir pour résister à l'intense pouvoir d'attraction de son regard.

— Quel genre d'idées, Hayley ? demanda Jasper avec un sourire en coin.

Hayley se hâta de détourner le regard et se baissa pour prendre son sac sous le comptoir.

— Bon, finissons-en, dit-elle en s'efforçant de rester ferme. Mais je ne peux pas partir longtemps. Lucy est prise tout l'après-midi et notre réceptionniste est en congé aujourd'hui.

— Ça ne prendra pas longtemps.

Il la mena jusqu'à sa voiture, et Hayley boucla sa ceinture de sécurité en essayant de ne pas remarquer à quel point la cuisse musclée de Jasper était proche de la sienne, séparée seulement par le levier de vitesse.

Elle se sentit projetée en arrière par l'accélération de la voiture lancée vers la sortie du parking, et se cramponna à l'accoudoir.

— On est obligés d'aller si vite ? balbutia-t-elle.

— Je te croyais pressée.

— Pas au point de dépasser la limite de vitesse…

— Je n'enfreindrai aucune règle, dit-il. A moins que la tentation ne dépasse ma capacité de résistance.

Elle se tourna vers lui.

— Mais qu'est-ce que tu entends par là ?

— Tu le sais très bien, petite fille, dit-il avec un sourire énigmatique.

— Je croyais qu'on avait fait un accord, dit Hayley en se sentant rougir.

— C'est vrai, mais j'ai l'impression qu'on est bien partis pour en tester les limites.

— Je ne vois pas pourquoi : tu m'as bien fait comprendre que je ne t'attirais pas.

— A priori, tu n'es pas mon style de femme. Cela dit…

Elle répliqua par un regard dégoûté.

— La presse te décrit en trois mots : superficiel, superégoïste et sexy, lâcha-t-elle.

— Eh bien voilà ! Au moins tu connais ton futur mari.

— Tu ne seras pas mon mari. Pas vraiment.

— A ce propos, je voulais te demander : est-ce que tu as dit à qui que ce soit qu'on ne se mariait pas par amour ?

Hayley remua sur son siège, mal à l'aise.

— Je l'ai dit à Lucy parce que c'est ma meilleure amie, mais c'est tout.

— Tant mieux. Je pense qu'il vaut mieux maintenir l'illusion. D'abord, parce qu'il ne faudrait pas que ton ex-fiancé découvre le pot aux roses, et ensuite parce que je suis en pleines négociations pour l'achat d'un domaine dans les hautes terres du sud. Les propriétaires sont un peu vieux jeu. Ils vivent là depuis plus de cinquante ans et ils ne veulent pas vendre à n'importe qui. Ils étaient très méfiants mais depuis qu'ils ont appris mes fiançailles, leur attitude a complètement changé. Ils veulent même te rencontrer.

Hayley lui lança un regard consterné.

— Tu crois que c'est une bonne idée ? Je veux dire, je ne suis pas sûre de pouvoir être très convaincante.

— Ce sera du gâteau, assura-t-il. Il te suffira de passer ton temps à me regarder avec amour, comme tu le faisais quand tu étais adolescente.

Hayley se souvint de l'époque où les cinq ans d'écart qu'elle avait avec Jasper lui semblaient énormes. Alors qu'elle dormait encore avec ses peluches, lui, de son côté, couchait avec toutes les filles du voisinage, et sa réputation de mauvais garçon n'était plus à faire. Il avait fait tant de bêtises que Hayley le soupçonnait d'avoir agi par vengeance, parce qu'il ne pardonnait pas à son père d'avoir quitté sa mère pour la sienne.

Quand Katherine Caufield avait péri dans un accident de voiture quelques semaines après que Gerald eut épousé Eva, sa mère à elle, Jasper s'était enfui et n'avait donné aucune nouvelle à son père pendant des mois.

Jasper coupa le contact et sortit pour lui ouvrir la portière.

— Bienvenue dans ce qui sera ton chez-toi pour le mois à venir, dit-il.

Hayley sortit et regarda autour d'elle. L'endroit était encore plus incroyable que ce qu'elle avait imaginé. L'énorme villa, sur trois niveaux, dominait un superbe jardin paysagé. Elle aperçut le court de tennis en gazon et la piscine étincelante sous le soleil de printemps, puis elle entra et découvrit, bouche bée, la magnifique vue sur le port.

— C'est… fabuleux…, murmura-t-elle, éblouie.

Elle se retourna pour contempler l'immense espace à vivre, meublé d'énormes canapés en cuir et agrémenté d'un bar bien rempli et de tous les équipements hi-fi et vidéo dernier cri. La cuisine était ouverte sur le coin salle à manger, qui pouvait accueillir au moins vingt personnes.

— Oui, ce n'est pas trop mal…, dit-il avec un sourire, en se penchant pour prendre quelque chose sur la table basse en marbre. Mais ne t'y attache pas trop : souviens-toi, ce n'est que pour un mois.

— Je n'ai pas oublié, répondit-elle d'une voix acide.

Il s'avança vers elle et lui tendit la petite boîte en velours qu'il avait à la main.

— Je me suis dit pour que nos fiançailles soient crédibles, il te fallait une bague.

Etonnée, Hayley ouvrit lentement l'écrin et contempla, le souffle coupé, une grappe de diamants chatoyants nichée contre le velours bleu roi.

— J'espère qu'elle n'est pas trop petite, dit Jasper, brisant le silence de sa voix profonde. J'ai dû deviner ta taille.

Elle la glissa sans peine autour de son doigt.

— C'est parfait, dit-elle en levant vers lui des yeux émerveillés. Elle est sublime. Mais vraiment, tu n'aurais pas dû… Ce n'est pas comme si nous nous mariions pour de vrai. Il faudra que je te la rende quand ce sera terminé.

— Non, dit-il en plaçant sa main sur la sienne, par-dessus la bague, et en plongeant ses yeux dans les siens, l'air grave. Non. Je veux que tu la gardes. Vois ça comme un cadeau, en remerciement de ton aide.

— Je… je ne peux pas accepter un cadeau aussi coûteux, dit-elle en dégageant sa main.

Il la lui reprit et referma les doigts autour de sa paume.

— Non, Hayley, dit-il. J'y tiens vraiment.

— Jasper, je…

Elle passa sa langue sur ses lèvres sèches, le cœur battant.

— Je ne sais pas quoi dire…

— Et si tu ne disais rien, pour une fois, suggéra-t-il en l'attirant un peu plus près de lui.

Elle sentit la boucle de sa ceinture contre la douceur de son ventre, les troncs d'arbres de ses cuisses musclées contre les siennes, feuilles tremblantes.

— Qu… qu'est-ce que tu fais ? demanda-t-elle en essayant de reculer, sans succès.

— J'ai assez envie de t'embrasser, dit-il en laissant tomber son regard sombre sur sa bouche. En fait, ça fait des jours que j'y pense. Je me dis qu'on va devoir le faire de temps en temps, dit-il, les yeux toujours fixés sur sa bouche, en caressant doucement des pouces l'intérieur de ses poignets.

— F… faire quoi ? dit Hayley.

— S'embrasser.

Hayley déglutit péniblement.

— Je ne crois pas qu'il faille pousser les choses jusque-là… Une bise sur la joue devrait suffire, non ?

— Non. Si l'on veut être convaincants, on ne peut pas faire l'impasse sur le langage corporel.

— Je ne crois pas que je…

— Tu peux commencer, si tu préfères, suggéra-t-il. Tu m'embrasses, et ensuite je t'embrasse.

Hésitante, Hayley baissa les yeux vers sa bouche.

— Allez, Hayley, dit-il, son souffle effleurant ses lèvres tandis qu'elle se rapprochait. Fais-le. Ose.

Elle se dressa sur la pointe des pieds et déposa un léger baiser au coin de sa bouche.

— Voilà, dit-elle, le souffle court. Je l'ai fait.

— A mon tour, maintenant.

Il lui lâcha les poignets, posa les mains sur ses hanches et l'attira contre lui avec douceur, puis, lentement, il baissa le visage vers elle, jusqu'à ce qu'elle sente sur sa bouche tendre l'empreinte brûlante de ses lèvres.

Rien ne l'avait préparée aux sensations que déclencha ce baiser. Le contact de la langue de Jasper sur l'intérieur de ses lèvres, à la fois doux et déterminé dans sa quête d'une porte d'entrée, lui arracha un petit gémissement, et une vague de chaleur déferla en elle quand il profita de l'occasion pour s'engouffrer tout entier entre ses lèvres entrouvertes, sa langue glissant contre la sienne, caressante, enchanteresse. Il cherchait sa langue, la flattait, l'invitait dans une danse sensuelle, évocatrice de la plus intime des étreintes. Plus que jamais, elle sentait à quel point il était expérimenté, et à quel point elle était vulnérable, dépassée par la violence de son désir.

Les mains de Jasper quittèrent ses hanches et montèrent le long de ses côtes, s'arrêtant juste sous ses seins, ce qui décupla son impatience. Elle voulait sentir la chaleur de ses paumes sur sa peau nue, sentir ses lèvres chaudes et humides contre ses mamelons durcis, et sa langue sur chacun d'eux, tournoyante, avide.

Elle poussa un gémissement quand il redoubla d'ardeur pour l'embrasser, et ce baiser profond, mêlé aux pulsations de son corps vigoureux pressé tout contre le sien, faillit lui faire perdre la tête, et accrut son excitation. Elle passa les bras autour de sa taille et, gagnant en audace, explora d'une main ferme les contours de ses fesses musclées. Il réagit instantanément à sa caresse, et elle sut, à son râle guttural, qu'elle avait un effet aussi ravageur sur lui que lui sur elle.

Il décolla les lèvres des siennes et la regarda, les yeux brillants.

— Eh bien, au moins, la question est réglée, dit-il avec un petit sourire sarcastique.

— Qu'est-ce que tu veux dire ? demanda-t-elle en se dégageant de son étreinte avec nonchalance.

— Tu ne peux pas être amoureuse de Myles Lederman. Je n'aurais jamais pu te mettre dans cet état si tu l'étais.

Elle lui lança un regard furieux.

— Pour ton information, cela fait une semaine que je passe mes nuits à pleurer. Je crois que je ne me remettrai jamais de sa trahison.

— Mais si, c'est fait, et il était temps ! Il ne voulait t'épouser que parce qu'il croyait que tu allais hériter du domaine de mon père.

— Tu mens ! s'écria Hayley.

Il haussa l'épaule d'un air indifférent.

— J'ai fait des recherches à son sujet, dit-il : il est endetté jusqu'au cou. A mon avis, il savait que mon père allait bientôt mourir et que tu étais très proche de lui, et il savait aussi par les journaux que ce n'était pas mon cas. Il a vu le bénéfice qu'il pouvait en tirer, et il n'a pas hésité une seconde. En quelques semaines, il t'a séduite et t'a convaincue de l'épouser, avec l'intention de faire main basse sur ton héritage.

Elle se détourna, dégoûtée.

— Je ne crois pas un mot de ce que tu racontes. C'est de la pure invention.

— J'ai discuté avec Max, le jardinier de Crickglades. D'après lui, mon père n'aimait pas trop Myles, même s'il ne se sentait pas autorisé à te le dire. Mais Duncan Brocklehurst m'a confirmé qu'il avait modifié son testament quelques jours avant de mourir.

Hayley se retourna vers lui et le regarda, perplexe.

— Tu es en train de dire que Gerald aurait préféré que je t'épouse toi plutôt que Myles ?

— A mon avis, il s'est dit qu'entre deux sales types, mieux valait que tu épouses celui que tu connaissais. Il devait penser que moi, au moins, je n'irais pas jusqu'à t'escroquer en te brisant le cœur par la même occasion.

— Mais Gerald savait très bien qu'on se détestait…

— Oui, mais il a dû vouloir rire un peu, dit Jasper. Il connaissait mon opinion sur le mariage, puisqu'il avait déjà essayé de m'y contraindre. Rien ne m'obligeait à rentrer dans son jeu…

— Sauf que tu veux Crickglades, dit-elle.

— Oui, dit-il, les mâchoires serrées, en prenant ses clés de voiture sur la table. Exactement.

— Mais pourquoi ? demanda-t-elle. Je croyais que tu détestais cet endroit. Tu en es parti dès que tu as pu, et tu n'es jamais revenu voir ton père plus de deux fois par an.

— Je le déteste, c'est vrai, dit Jasper avec emphase. Il est trop plein de souvenirs que j'aimerais mieux oublier.

Souvenirs d'Eva Addington se pavanant dans la maison et dans le jardin de sa mère adorée, remplaçant la décoration exquise par un luxe tape-à-l'œil, et flirtant avec tout ce qui portait un pantalon, y compris, un jour, avec lui. Elle avait souillé la demeure qu'il avait tant aimée enfant, et il avait hâte de lui rendre son état d'origine.

— Alors qu'est-ce que tu vas en faire, quand tu l'auras récupérée ? demanda Hayley d'une voix pleine de reproche. Raser la maison et construire des centaines de pavillons à la place ?

— Qu'est-ce que tu crois que je vais en faire ? Le garder pour des raisons sentimentales ?

Hayley le suivit jusqu'à sa voiture, en pleine confusion. Les motivations de Jasper demeuraient obscures. Il voulait Crickglades, mais il lui avait bien fait comprendre qu'il ne la voulait pas, elle. Elle se demandait pourquoi cela la blessait autant. Ils étaient ennemis depuis des années ; il n'y avait donc rien d'étonnant à ce que l'idée de vivre avec elle, même de façon temporaire, le rebute. Et pourtant, elle en souffrait.

Elle en souffrait beaucoup plus qu'elle n'aurait dû.

5.

Sur le chemin du retour, Jasper tourna les yeux vers Hayley, assise, silencieuse, sur le siège à côté de lui. Il regrettait de lui avoir fait de la peine en détruisant ses illusions sur Myles, mais il se rassura en se disant qu'elle s'en remettrait, si ce n'était pas déjà fait.

Il était encore un peu intrigué par sa réaction face à la bague qu'il lui avait offerte. Il s'était attendu à ce qu'elle s'en empare avec avidité pour compter les diamants comme l'aurait fait sa mère, Eva, mais elle s'était contentée de la contempler, les yeux brillant de larmes et la lèvre tremblante, comme si son geste la touchait profondément.

La réaction qu'elle avait eue à son baiser l'avait aussi étonné, étant donné la haine qu'elle prétendait lui vouer. Quant à la façon dont il avait lui-même réagi, il n'était pas sûr de vouloir l'examiner de trop près. Depuis des années, il évitait la tentation de son jeune corps si féminin, mais, quoi qu'il fasse, ses courbes sensuelles faisaient bouillir son sang chaque fois qu'elle était près de lui.

— Si tu es libre ce week-end, je me disais que nous pourrions passer voir cette propriété qui m'intéresse, dit-il, brisant le silence. Tu pourrais rencontrer les Henderson, le couple dont je t'ai parlé.

— Je n'ai pas envie d'aller où que ce soit avec toi.

— Ecoute, Hayley, ce n'est pas à moi que tu dois t'en prendre.

Tout ce que j'ai fait, c'est te dire ce que tu aurais de toute façon fini par découvrir avec le temps.

Elle lui lança un regard glacial.

— Et tu es content de toi, n'est-ce pas ? C'était drôle, de réduire mon amour-propre à néant en quelques secondes ?

— Je n'ai rien fait de tel. Et d'ailleurs, il me semble que je l'ai plutôt flatté, ton amour-propre, tout à l'heure. Je ne me souviens pas d'avoir jamais été aussi vite excité par qui que ce soit. Ça doit être ton parfum.

Hayley refusa de se laisser attendrir par ce compliment pour le moins équivoque.

— J'espère que tu ne vas pas prendre l'habitude de te servir de moi pour satisfaire tes pulsions animales.

— Ah ! dit-il. Tu as trop écouté les sermons de mon frère.

— Lui, au moins, il a de la morale.

— Et moi, non ?

— Tu es comme tant d'autres hommes : tu sèmes des graines et tu laisses les femmes les récolter toutes seules. Ce que tu as fait à Miriam Moorebank lui a gâché la vie.

Il lui jeta un regard plein de colère.

— Si tu veux faire le reste du chemin à pied, continue comme ça.

— Je préfère encore marcher que souffrir ta présence.

La voiture s'arrêta sur le bord de la route et, avant que Hayley ait eu le temps de réagir, Jasper s'était penché pour ouvrir sa portière, frôlant ses seins avec son bras.

— Sors de cette voiture, Hayley. Ça te fera de l'exercice.

— Non, je ne sortirai pas ! lui cria-t-elle, soudain au bord des larmes.

Elle s'essuya les yeux, mais il était trop tard. Elle se prit la tête dans les mains et se mit à sangloter.

— Oh non, pas ça…, grogna Jasper en lui posant la main sur la nuque et en l'attirant contre sa poitrine, se gorgeant au passage de la senteur fleurie de son shampoing. Je suis désolé. Je ne voulais pas te faire pleurer.

Elle releva la tête vers lui et lui lança un regard accusateur.

— Si, c'est ce que tu voulais, dit-elle en hoquetant. C'est ce que tu cherches à faire depuis que tu as débarqué dans mon salon en faisant pression pour que je t'épouse. Tu as menacé de me faire fermer boutique jusqu'à ce que j'en perde le sommeil, et ensuite, tu m'as… tu m'as embrassée ! Comment est-ce que je suis censée réagir à tout ça ?

— Je ne l'ai pas trouvé si épouvantable, ce baiser, dit-il avec une moue faussement dépitée.

— Tu ne l'as fait que pour me prouver à quel point j'étais faible.

— Tu n'es pas faible, dit-il. Tu es humaine, c'est tout.

— Je ne sais pas ce qui est passé par la tête de Gerald, dit-elle en s'essuyant les yeux. Ce n'est pas comme si j'attendais quoi que ce soit de son testament, mais tout cela est absurde. J'ai l'impression d'être un pion dans un jeu stupide.

Jasper l'observa du coin de l'œil tandis qu'elle épongeait ses larmes. Se pouvait-il que son père ait vu juste ? Et si Hayley était vraiment différente de sa mère ? Et si elle était vraiment aussi gentille et innocente que Gerald l'avait toujours pensé ? Dans ce cas, elle risquait de souffrir encore plus qu'elle n'avait souffert avec Myles quand il mettrait un terme à leur mariage. Parce qu'il n'avait pas l'intention de rester avec elle plus longtemps que nécessaire.

— Si j'avais un autre moyen d'atteindre mon objectif, je ne t'imposerais pas ça, Hayley. Mais je n'en ai pas.

— Ça va être le mois le plus long de ma vie, dit-elle d'une voix boudeuse.

Jasper passa la cinquième vitesse et se reposa contre le dossier de son siège.

— Pour moi aussi, ma chérie, ne t'inquiète pas.

Hayley n'avait aucune intention d'accompagner Jasper à la campagne le week-end suivant, mais chaque fois qu'elle décrochait le téléphone pour le lui dire, elle apercevait à son annulaire la bague de fiançailles qu'il lui avait offerte et changeait d'avis. Elle lui allait parfaitement ; les diamants accrochaient la lumière à chaque mouvement de ses doigts. Mais elle ne comprenait toujours pas pourquoi il avait pris la peine de lui acheter cette bague sublime quand tout, dans leur relation, était si détestable.

Il y avait eu une époque où elle avait rêvé d'épouser Jasper pour de vrai, mais elle avait depuis longtemps renoncé à ce genre de sotte rêverie. Elle savait qu'il fuyait l'engagement ; ses frasques suggéraient qu'il ne voulait ni se marier ni avoir des enfants — il ne s'intéressait d'ailleurs pas au sien — alors que, depuis peu, elle-même ne pensait qu'à ça. Son horloge biologique s'était emballée et faisait désormais entendre un tic-tac assourdissant qui la tenait éveillée la nuit.

Elle se demanda si c'était pour cette raison qu'elle s'était jetée à corps perdu dans sa relation avec Myles. Elle avait cru l'aimer ; elle appréciait en tout cas beaucoup sa compagnie et il lui avait semblé qu'ils voulaient tous les deux les mêmes choses dans la vie. Dès le premier rendez-vous, il lui avait parlé de bébés, de chiots et de chatons, et cela avait suffi à la faire fondre.

Elle entendit soudain la puissante voiture de Jasper s'arrêter devant chez elle et écarta un peu le rideau pour l'observer en douce. Il sortit de la voiture ; il portait une chemise blanche décontractée et un jean bleu foncé qui mettait en valeur son corps d'athlète. Ses cheveux noirs brillaient sous le soleil de ce matin de printemps, et son bronzage laissait supposer qu'il avait passé le rude hiver australien sous les tropiques, entouré de pin-up en Bikini, pendant que son père poussait son dernier soupir.

Amère, Hayley se détourna de la fenêtre, prit son sac et ouvrit la porte au moment où Jasper arrivait dans l'entrée de l'immeuble.

— Eh bien, tu as l'air d'avoir envie de me voir, dit-il avec un regard taquin.

— Non, répliqua-t-elle, c'est juste que ta voiture fait tellement de bruit… Je n'ai pas envie de réveiller tous les voisins.

Ils sortirent et s'installèrent dans la voiture, et Jasper ne brisa le silence qu'après quelques minutes.

— J'ai discuté de la cérémonie avec Raymond. Apparemment, il a déjà un mariage ce jour-là, mais je ne peux pas m'empêcher de penser que ça le soulage.

— Ce serait compréhensible, dit Hayley. On ne se marie pas vraiment pour les bonnes raisons. Le mariage, normalement, c'est pour la vie.

— Quel dommage que ta mère n'ait pas été de cet avis.

Il sentit Hayley se raidir et, quand il tourna les yeux vers elle et vit ses petites dents blanches mordiller sa lèvre avec angoisse, il regretta ses paroles.

— Pardon, lâcha-t-il après un long silence.

— Ce n'est pas grave, dit-elle en regardant ses mains. Je comprends ce que tu ressens vis-à-vis de ma mère. Vraiment.

— Tu l'as vue récemment ? demanda-t-il, inquiet de la façon presque frénétique dont elle triturait sa bague de fiançailles.

— Non…

Il attendit quelques secondes pour reprendre la parole.

— Je préférerais qu'elle ne vienne pas au mariage.

— Je comprends…, dit-elle. Elle n'était pas invitée non plus à mon mariage avec Myles.

Il y eut un nouveau silence.

— C'était un sale type, Hayley. Un vrai sale type qui se servait de toi.

— Et toi, tu ne te sers pas de moi ? Au moins, Myles m'aimait, lui.

— Myles aimait ton argent, pas toi, dit Jasper. Moi, au moins, je ne t'ai pas menti sur mes sentiments. Et pour le reste, tu ne trouves pas que notre premier baiser laisse présager des choses un peu plus excitantes que celles que tu aurais vécues avec lui ?

Hayley prit une profonde inspiration et ne répondit rien. Elle préférait éviter de penser à cet aspect-là de leur relation. Elle se carra au fond de son siège et attendit en silence qu'ils arrivent.

6.

Jasper s'engagea sur une longue avenue en graviers, bordée de hauts peupliers dont les jeunes feuilles frissonnaient dans la brise. La maison, au bout de l'allée, était une grande demeure coloniale en grès qui s'élevait au milieu d'un luxuriant jardin fleuri, où flottait le doux parfum de l'alysson et des premières roses. Hayley le sentit dès qu'elle sortit de la voiture.

— Quel endroit magnifique ! s'exclama-t-elle en humant l'air. Qu'est-ce qui peut leur donner envie de vendre un tel paradis ?

Elle eut sa réponse quand la porte d'entrée s'ouvrit sur une femme aux cheveux gris d'environ soixante-dix ans et un homme un peu plus âgé qu'elle, assis dans une chaise roulante et dont le bras droit, sans doute paralysé par une attaque, reposait, inerte, en travers de ses cuisses.

Jasper prit la main de Hayley et lui pressa doucement les doigts en lui chuchotant :

— N'oublie pas : tu es follement amoureuse de moi.

— Je n'oublie pas, répondit-elle avec un sourire pincé.

Mme Henderson s'avança vers eux, rayonnante.

— Vous devez être l'adorable fiancée dont Jasper nous a parlé, dit-elle à Hayley. Je m'appelle Pearl, et voici mon mari, Jim.

— Je suis très heureuse de vous rencontrer, dit Hayley.

La vieille dame sourit et les fit entrer.

— J'ai préparé des scones, annonça-t-elle. J'ai pensé que

nous pourrions prendre une tasse de thé avant que Jasper ne vous fasse visiter la propriété.

— Excellente idée, dit Hayley.

La maison sentait le bois ciré et était superbement entretenue ; les meubles patinés par les ans semblaient être là depuis toujours, et les tapis qui recouvraient le parquet portaient l'empreinte de milliers de pas.

— Quelle magnifique maison, dit Hayley en prenant la tasse que lui tendait Pearl. Vous devez être très tristes de la quitter.

Une ombre passa sur le visage de Pearl.

— Il est temps, dit-elle. Depuis l'attaque de Jim, l'entretien du domaine est devenu une charge trop lourde. Nous avons perdu notre fils unique il y a deux ans… S'il était encore là, il perpétuerait la tradition. Cette maison a vu passer six générations de Henderson.

— Je suis désolée…, dit Hayley, consciente de la douleur du couple qui pesait soudain dans la pièce, silencieuse.

Pearl se força à sourire et fit tourner le plat de scones.

— Mais nous sommes heureux que Jasper la rachète, dit-elle. Nous ne voulions pas la vendre à n'importe qui. Mon pire cauchemar aurait été qu'elle soit rasée pour construire à la place de vilains petits pavillons.

Hayley fit de son mieux pour se retenir de regarder Jasper. Qu'est-ce qu'il avait raconté aux Henderson ? Il ne leur avait quand même pas menti pour les convaincre ? Mais pourquoi pouvait-il vouloir ces centaines d'hectares, sinon pour les lotir et les revendre à prix d'or, comme il avait l'habitude de le faire ?

— Quand il nous a dit qu'il cherchait un endroit où passer ses week-ends quand il serait marié, nous avons accepté de réfléchir à son offre, continua Pearl. Cette maison a besoin d'une jeune famille qui puisse lui redonner vie.

Hayley faillit s'étouffer sur une miette de scone et se hâta de boire une gorgée de thé pour camoufler sa stupéfaction.

— Je vous suis vraiment reconnaissant d'avoir accepté mon

offre, dit Jasper. Je suis tombé amoureux de cette propriété la première fois que je l'ai vue.

Pearl le regarda avec un sourire et se mit à débarrasser la table.

— Pourquoi n'emmenez-vous pas Hayley faire une promenade près de la rivière ? suggéra-t-elle. C'est ravissant à cette période de l'année, avec les saules qui commencent à verdir. A votre retour, nous pourrons régler les derniers détails de la vente. Nous avons préparé les papiers.

— J'adorerais me promener près de la rivière, dit Hayley en bondissant de sa chaise et en agrippant la main de Jasper.

Elle attendit qu'ils soient assez loin pour n'être ni vus ni entendus des Henderson, et laissa libre cours à son indignation.

— Comment as-tu pu mentir à ces pauvres gens ? « Je suis tombé amoureux de cette propriété la première fois que je l'ai vue », répéta-t-elle en l'imitant avec dégoût. Espèce de fumier sans cœur ! Je sais très bien ce que tu as derrière la tête : une autre énorme opération immobilière, comme pour Crickglades !

— Tu penses ce que tu veux, mais je peux t'assurer que ce n'est pas ce que j'ai l'intention de faire, dit-il, en s'avançant vers la ligne sinueuse de la rivière, au loin.

Hayley devait trottiner pour rester à sa hauteur.

— J'espère que tu ne me mens pas, Jasper. Je ne supporterais pas de penser que je t'ai aidé à tromper les Henderson.

Il s'arrêta et se tourna vers elle avec un sourire ironique.

— Mais c'est trop tard, ma chérie. Tu leur as déjà fait croire que tu étais amoureuse de moi, et je dois dire que même moi, tu m'as presque convaincu.

Hayley voulut continuer son chemin, mais il la retint par le bras et la força à le regarder. Elle ressentit un léger spasme d'excitation quand il fit glisser ses mains le long de ses bras et que ses doigts longs et forts encerclèrent ses poignets.

Sous son regard sombre et intense, elle se sentit soudain vulnérable, à découvert. Elle se demanda s'il avait deviné ses véritables sentiments, les sentiments qu'elle essayait de se cacher à elle-même, et plus encore à lui. Depuis des jours, elle combattait cette attirance qu'elle avait crue morte depuis douze ans, et qui avait resurgi, plus vive que jamais, menaçant de lui faire de nouveau perdre la raison.

Il se tenait si près d'elle qu'elle sentait sur sa peau les notes citronnées de son après-rasage. Elle se sentait attirée vers lui comme par un aimant.

— Qu… qu'est-ce que tu fais ? balbutia-t-elle en voyant son visage se rapprocher.

— Je t'embrasse.

— Je… je ne veux pas que tu me touches, dit-elle d'une voix qu'elle aurait voulu plus véhémente. Il n'y a personne, on n'a pas à jouer la comédie. Je ne veux pas que tu m'embrasses si ce n'est pas nécessaire.

— Oh, mais c'est nécessaire, dit-il en effleurant sa bouche dans un baiser léger comme une plume qui lui fit fourmiller les lèvres. C'est absolument nécessaire.

Hayley poussa un soupir et Jasper fondit sur elle, sa bouche couvrant la sienne, sa langue forçant un passage entre ses lèvres à la recherche de sa langue à elle. Elle tendit le bassin vers l'avant et gonfla la poitrine contre le torse de Jasper qui, d'une main posée sur ses reins, l'attira encore plus près de lui. Elle sentit la chaleur enivrante de son érection contre son ventre et s'émerveilla de la vitesse à laquelle elle s'était déclenchée. Cela lui donnait une sensation de puissance féminine de savoir que son corps l'excitait ; c'était comme une revanche sur l'indifférence qu'il lui avait témoignée des années plus tôt.

Sa barbe naissante griffa sa joue tandis que son baiser se faisait plus profond, plus passionné, plus exaltant encore. Elle sentit ses lèvres gonfler sous la pression impatiente des siennes, et tout son corps frissonner, avide de se perdre sous ses caresses. Elle se frotta contre lui, dévorée par le besoin de le sentir en elle, de le sentir combler le vide brûlant qui ravageait son être.

Puis ses mains remontèrent et enveloppèrent ses seins et, à leur contact électrisant, elle perdit tout contrôle sur elle-même. Elle glissa la main entre leurs ventres serrés et chercha la braguette de son jean, et son cœur bondit de joie quand elle sentit sa chair gorgée de sang bondir contre ses doigts, enfin libre. Il poussa un râle, mais ne fit rien pour l'empêcher d'explorer sa virilité, de façon d'abord timide, puis de plus en plus audacieuse comme elle sentait croître son excitation, qu'il contenait avec difficulté.

— Il va falloir que tu arrêtes ça tout de suite, murmura Jasper d'une voix rauque, ou je ne réponds plus de moi.

Elle continua à le caresser, mais il lui prit vivement la main et l'éloigna de lui ; il la serrait si fort qu'il lui faisait presque mal.

— Non, Hayley, dit-il en haletant. Tu vas trop loin. C'est une chose d'embrasser, c'en est une autre de me stimuler jusqu'à…

— Tu aurais pu m'arrêter plus tôt, le coupa-t-elle, les joues en feu, furieuse d'avoir laissé transparaître à quel point il la troublait. Pourquoi tu ne l'as pas fait ?

Il la regarda pendant plusieurs secondes, le visage fermé.

— Va savoir…

Puis il se détourna et se mit à marcher à grands pas vers la rivière. Hayley laissa échapper un soupir douloureux et le suivit à quelques mètres derrière, progressant tant bien que mal au milieu des hautes herbes.

Elle finit par le rejoindre au bord de la rivière et contempla avec lui les collines bleutées dans le lointain.

— On a passé notre vie à se battre, n'est-ce pas ? dit-elle enfin. Depuis qu'on se connaît, c'est tout ce qu'on fait.

— Oui, ce n'est pas faux, dit-il avec un sourire.

— Pourquoi, à ton avis ?

— Eh bien d'abord, tu étais quand même une sale gamine pourrie gâtée.

Elle lui donna une bourrade.

— Et toi, tu n'étais qu'un ado maussade, dégoûté à l'idée de devoir cohabiter avec une fille de cinq ans plus jeune que lui.

— C'est vrai que l'écart paraissait beaucoup plus grand à l'époque, dit-il en se retournant vers la maison et en se remettant en marche. Tu avais quatorze ans et moi dix-neuf quand mon père a épousé ta mère. C'est complètement différent aujourd'hui. J'ai trente-trois ans et toi vingt-huit. Ces cinq ans paraissent bien dérisoires, maintenant.

Ils firent quelques pas en silence. Jasper arracha une longue tige d'herbe folle qu'il fit glisser entre ses doigts d'un air absent. Il avait l'air préoccupé, comme s'il repensait au divorce de ses parents et à toutes les vies que sa mère à elle, Eva, avait brisées. Il lui faisait penser à un loup solitaire, en haut d'une colline, parcourant du regard l'étendue de son territoire. Soudain, il se tourna vers elle.

— Est-ce que tu t'es déjà demandé qui était ton père ?

Hayley détourna le regard pour que Jasper ne voie pas à quel point la question la mettait mal à l'aise. Enfant, elle avait rêvé de connaître la réponse, mais le jour où sa mère avait suggéré que son géniteur le plus probable était désormais en prison pour meurtre, elle n'avait pas cherché à en savoir plus.

— Non, répondit-elle.

Jasper lui prit la main comme ils se rapprochaient de la maison.

— Ça n'a pas dû être facile, dit-il, l'air grave. Mais j'imagine qu'il y a toujours pire…

— Comme d'être forcé de se marier avec sa demi-sœur ?

Elle sentit les doigts de Jasper se crisper autour des siens, comme si ses paroles le contrariaient.

— Me marier ne faisait certainement pas partie de mes priorités, mais je suis sûr que je m'y habituerai.

— Oui, c'est ça, dit-elle, incapable d'étouffer la note de

ressentiment dans sa voix. Je suis sûre que tu as déjà hâte que notre mariage se termine.

— A vrai dire, répliqua-t-il avec un éclat espiègle dans le regard, si ce qui s'est passé près de la rivière est une indication de ce que va être ce mariage, j'ai plutôt hâte qu'il commence.

7.

Hayley savait qu'elle avait les joues en feu, mais elle ne pouvait rien y faire.

— Ça ne se reproduira plus, dit-elle avec raideur.

— Dommage…

— C'est toi qui ne voulais pas que notre mariage soit réel, lâcha-t-elle, le cœur battant. Un arrangement excluant tout rapport physique, c'est ça que tu voulais.

— Ça mérite peut-être quelques aménagements. J'aime bien sentir tes mains sur mon corps.

Elle tourna la tête pour échapper à son regard tentateur.

— Je ne veux pas coucher avec toi. Tu me dégoûtes.

— Tu as une façon très particulière d'exprimer ce dégoût, railla-t-il.

Hayley essaya de dégager sa main de la sienne, mais il ne la laissa pas faire. Elle commença à avancer, mais il lui fit faire volte-face et la plaqua contre lui, relevant son menton d'un doigt très ferme.

— Tu me désires depuis que tu as seize ans, trésor. La seule différence, c'est qu'à l'époque j'étais bien trop galant pour en profiter. Tu étais soûle, et s'il s'était passé quoi que ce soit, tu l'aurais regretté le lendemain.

— En tout cas, tu n'as plus rien de galant, riposta-t-elle. Tu es cruel, superficiel, superégoïste et… et stupide.

— Tu as oublié « sexy », dit-il avec un sourire diabolique.

— Je ne te trouve pas du tout sexy.

— Tu voudrais me faire croire ça, dit-il en lui frottant la lèvre inférieure d'un doigt tendre, alors qu'il y a cinq minutes, tu arrivais à peine à te contrôler ?

Hayley sentit de nouveau le désir exploser dans son ventre. Ses seins fourmillaient ; sa bouche frissonnait sous la caresse sensuelle de Jasper. Tout en lui la rendait folle. La lueur de défi dans ses yeux n'aidait pas à lui résister.

Elle se pencha en arrière pour éloigner ses seins du torse de Jasper, mais ne réussit qu'à rapprocher son bassin du sien.

— Lâche-moi, réussit-elle à articuler, haletante. Je t'en prie…

Il posa les mains sur ses fesses et la maintint contre lui, et elle poussa un cri étouffé en sentant son érection. Il avait planté ses yeux dans les siens, diffusant un désir brûlant dans leur océan bleu-vert, et elle sentait sa respiration impatiente contre ses seins.

— Non, désolé, dit-il d'une voix rauque.

— Jasper, je t'en prie…, le supplia-t-elle. Les Henderson sont sûrement en train de nous regarder.

— Et de se dire qu'on a vraiment hâte de se marier, j'en suis sûr, répliqua-t-il en baissant les yeux vers ses lèvres.

Hayley tressaillit à la pensée qu'à la même heure dans une semaine, Jasper et elle seraient déjà mariés, mariés depuis vingt-quatre heures, en fait.

Il baissa la tête et marqua ses lèvres d'un baiser ardent avant de la libérer. Hébétée, elle vacilla sur ses jambes pendant un dixième de seconde.

— Eh bien, petite fille, dit-il en lui reprenant le bras avec un sourire sarcastique, qu'est-ce qui t'arrive ? Je vais finir par croire que tu es vraiment amoureuse de moi. Ça, alors, ça me ficherait la trouille.

Hayley chercha une réplique cinglante, mais rien, absolument rien ne lui vint à l'esprit. Frustrée, elle suivit Jasper d'un pas lourd jusqu'à la maison des Henderson.

Quand Jasper et les Henderson eurent conclu la vente, Pearl insista pour qu'ils restent à déjeuner. Hayley, mal à l'aise dans son rôle de fiancée éperdue, aurait préféré partir, mais elle sentait que Pearl avait grand besoin de compagnie et elle ne voulait pas la décevoir.

Deux ou trois fois pendant le repas, elle leva les yeux vers Jasper et trouva son regard chocolat posé sur elle. Consciente que les Henderson les observaient avec attendrissement, elle n'eut d'autre choix que de lui adresser chaque fois un petit sourire en réponse.

— C'est beau de voir des jeunes gens amoureux, dit finalement Pearl avec un sourire. Jasper nous a dit que vous aviez vécu dans la même maison à l'adolescence. Quand avez-vous pris conscience qu'il était l'homme de votre vie ?

— Presque tout de suite, répondit Hayley en évitant prudemment le regard de Jasper. Je devais avoir seize ans.

— C'est bizarre, dit Pearl d'un air étonné : Jasper nous avait dit que vous étiez fiancée à quelqu'un d'autre et qu'il vous avait enlevée à la dernière minute…

— Ah… euh… oui…

Hayley sentit ses joues s'empourprer.

— Oui, j'étais fiancée à quelqu'un d'autre. C'est idiot, vraiment, quand on y pense. J'aurais dû être plus patiente. J'aurais dû savoir que Jasper finirait par revenir vers moi.

— Heureusement qu'il l'a fait, remarqua Pearl d'une voix grave. Imaginez, si vous aviez épousé l'autre homme, alors qu'au fond c'était Jasper que vous aimiez.

— Je n'ose même pas y penser, répondit Hayley en secouant la tête. Cela aurait été catastrophique.

— J'espère que vous n'allez pas faire comme tant de jeunes femmes de nos jours et remettre les enfants à plus tard, dit Pearl. J'en connais beaucoup qui ont laissé passer leur chance comme ça.

— Oh non, bien sûr que non, dit Hayley en regardant Jasper reculer contre le dossier son siège, et en se rendant compte qu'elle commençait à s'amuser. Nous voulons nous y mettre très vite et en avoir au moins trois. N'est-ce pas, chéri ?

— Oui, mon cœur, répondit Jasper, son regard s'illuminant d'un indéniable éclair de menace. Mais pas tout de suite. Je veux te garder encore un peu pour moi tout seul.

Pearl les regarda en souriant.

— Vous allez être très heureux ensemble, dit-elle. On voit que vous êtes faits l'un pour l'autre.

« Pour que l'un tue l'autre, oui, pensa Hayley en croisant le regard assassin de Jasper. Ça va être l'enfer sur le chemin du retour. »

Elle avait raison. A peine avaient-ils repris la route que Jasper se tourna vers elle, fulminant.

— Je peux savoir à quoi tu jouais ?

— A rien.

— Ouais, c'est ça, à rien. Tu as failli tout faire échouer. Tu aurais pu surveiller ta grande bouche.

— Comment ça, ma grande bouche ? Tu es gonflé ! Comment est-ce que je pouvais savoir quels mensonges tu leur avais déjà racontés ?

— Tout ce blabla sur les enfants n'était absolument pas nécessaire.

— Ah oui, et pourquoi ? Ça te rappelle trop que tu as déjà un fils que tu n'as jamais reconnu ? Quel âge a Daniel Moorebank, maintenant ? Quatorze ans ? Quinze ans ?

Les traits de Jasper se durcirent.

— Il a quinze ans.

— Et ça t'arrive de le voir ?

— De temps en temps.

— Tu es proche de lui ?

— C'est un gentil garçon, dit-il, les yeux rivés sur la route. Mais je n'ai jamais voulu d'enfant, et j'ai toujours été très clair là-dessus avec toutes mes partenaires. J'utilise toujours un préservatif. Je ne veux pas me retrouver dans la même situation que… euh…

Il se racla la gorge en espérant qu'elle ne remarquerait pas sa légère hésitation.

— Dans la situation où je me suis retrouvé quand j'avais dix-huit ans.

Elle le regarda avec consternation.

— Et cette fois-là, tu ne crois pas que tu aurais pu assumer tes responsabilités ? Tu étais aussi responsable que Miriam, tu le sais.

— Ecoute, Hayley, répliqua-t-il d'un ton sec, tu ne sais rien de cette histoire, alors ne t'en mêle pas… Est-ce que tu prends la pilule ? demanda-t-il après un court silence.

Elle rejeta ses cheveux en arrière d'un air dédaigneux.

— Cela ne te regarde pas.

— J'ai le sentiment que la semaine prochaine à cette même heure, cela me regardera. Je te préviens, ma chérie : si tu me joues un sale tour, tu t'en repentiras. Je ne vais pas te laisser me faire un bébé dans le dos et me réclamer ensuite une pension exorbitante, en plus des indemnités de divorce.

— Tu sais, tu as un sérieux problème de confiance avec les femmes, dit-elle. Tu devrais vraiment voir quelqu'un pour en parler.

— Un problème de confiance ? J'ai vu ta mère à l'œuvre, c'est tout. Mes parents étaient heureux jusqu'à ce qu'elle débarque dans leur vie et jette son dévolu sur mon père.

— Et tu lui en veux, n'est-ce pas ? Tu ne peux pas lui pardonner d'avoir fait souffrir ta mère.

— Non, je ne pourrai jamais, répondit-il entre ses dents.

— Et j'imagine que tu ne me pardonneras jamais à moi d'être sa fille ? dit-elle d'une voix frêle.

Jasper tourna les yeux vers elle et sentit son cœur se serrer en voyant son regard meurtri. Il aurait aimé pouvoir trouver les mots susceptibles d'effacer l'amertume du passé. Il enviait son frère, qui avait la force de tout pardonner, même les pires péchés. Mais Raymond avait toujours été meilleur que lui, plus ouvert, plus généreux. Il avait déjà fait tant de bien autour de lui, réconfortant par son amour et son dévouement toutes les âmes blessées qui venaient à sa rencontre. Et c'était pour cela, avant tout, qu'il devait cacher à Hayley la vérité sur Daniel Moorebank.

— J'ai peut-être été injuste avec toi, dit-il enfin. C'est vrai que tu n'y étais pour rien. On ne choisit pas ses parents.

— J'aurais aimé avoir un père, dit Hayley après un silence. J'imagine que c'est pour ça que j'aimais tant Gerald. Il comblait un grand vide dans ma vie.

— Tu crois que c'est pour ça que tu es allée vers Myles ? demanda Jasper. Parce que tu cherchais un père ?

— Peut-être. C'est ce que pense mon amie Lucy. Je veux juste être heureuse. Je veux une famille à moi. Je veux réaliser mes rêves.

Jasper secoua la tête d'un air dubitatif.

— Tu devrais vraiment voir quelqu'un pour soigner ton idéalisme, Hayley. La vie n'est pas un conte de fées.

— Je le sais très bien, mais le malheur n'est pas non plus une fatalité. J'ai détesté mon enfance. Le flot ininterrompu de sales types. Les changements d'école. Je n'avais pas le temps de me faire des amis. Aucun enfant ne devrait avoir à subir ça, et je jure qu'aucun de mes enfants ne le subira.

L'amertume de son ton fit sourciller Jasper.

— Je ne m'étais pas rendu compte que tu avais souffert comme ça. Tu avais l'air heureuse à Crickglades.

— Je l'étais. C'était la première fois que je me sentais vraiment chez moi quelque part. Et aussi que j'avais un jardin. Je me souviens, j'adorais les roses. Il y en avait tant, et, quand il faisait chaud, leur parfum embaumait l'air. J'adorais ça.

Jasper déglutit, la gorge nouée par l'émotion. Il avait cru entendre sa mère.

— J'étais vraiment triste de partir quand Gerald et ma mère ont divorcé, continua Hayley. Gerald m'a proposé de rester, mais je me suis dit que tu ne le supporterais pas.

Il lui prit la main et la serra doucement.

— Enfin, ma puce, tu n'étais qu'une gamine… Une gamine plutôt mignonne, si je me souviens bien.

Elle lui jeta un regard plein d'ironie.

— Je croyais que j'étais pourrie gâtée.

— Ça oui, tu l'étais.

Elle dégagea sa main et fit la moue.

— Tu ne peux pas faire un compliment sans y glisser une pique, pas vrai ?

Il sourit, les yeux sur la route.

— Je te remets juste à ta place, petite fille. Je ne voudrais pas que tu prennes la grosse tête simplement parce que tu es la seule femme qui ait réussi à m'amener aussi près de l'autel.

— Nous n'y sommes pas encore, dit-elle d'un air de défi. Et nous n'y serons jamais si je change d'avis.

— J'aimerais bien voir ça, ma chérie, dit Jasper avec un regard plein de sous-entendus, en prenant la sortie qui menait au quartier de Hayley.

8.

Dès que Jasper tourna dans sa rue, Hayley aperçut le panneau VENDU sur l'immeuble au rez-de-chaussée duquel se trouvait son deux pièces. Elle resta quelques secondes sous le choc avant de pouvoir parler.

— Laisse-moi deviner, dit-elle avec un regard accusateur. Tu es mon nouveau propriétaire ici aussi, c'est ça ?

— Bien vu, trésor, dit-il avec un sourire satisfait.

Hayley serra les dents et sortit de la voiture en claquant rageusement la portière derrière elle. Sans se retourner, elle se mit à marcher vers son immeuble, le dos et les épaules raidis par la colère.

— Il fallait que je l'achète. Il était à vendre pour une bouchée de pain, dit Jasper en la rattrapant sans difficulté.

Elle lui jeta un regard haineux.

— Mais bien sûr, dit-elle en ouvrant sa porte.

Quand ils furent à l'intérieur, elle dut se retenir pour ne pas laisser éclater sa colère.

— Pourquoi est-ce que tu fais ça ? demanda-t-elle d'une voix âpre.

— Pour te décourager de changer d'avis au dernier moment. Je dois partir en voyage d'affaires cette semaine, et je ne veux pas que tu te rétractes pendant que j'ai le dos tourné. Tu peux voir ça comme une forme d'assurance, si tu veux.

— C'est du chantage, oui ! s'exclama-t-elle.

Il haussa une épaule avec indifférence et sortit de sa poche un bout de papier plié, qu'il lui tendit en souriant.

— Je me suis permis de déposer de l'argent sur ton compte pour te rembourser ce que tu as déjà payé pour la cérémonie et le voyage de noces. Si ce n'est pas assez, dis-le moi et je te donnerai plus.

— Merci, dit Hayley en prenant le reçu.

— C'est normal, dit-il. C'est moi qui ai voulu ce mariage : c'est à moi d'assurer toutes les dépenses.

— Peut-être… Mais ça me semble un tel gâchis de partir en voyage de noces alors qu'on n'en a pas envie…

Le silence s'installa, pesant, et se peupla bientôt de tentations interdites. Une vision de leurs deux corps nus et d'une étreinte fougueuse flotta dans l'esprit de Hayley, et elle sentit ses joues s'embraser, et son cœur tambouriner de plus en plus fort dans sa poitrine.

En un pas, Jasper était près d'elle. Il lui releva le menton du bout du doigt.

— Tu es sûre de ça ? lui demanda-t-il, le regard brûlant de passion.

Par un miracle de volonté, Hayley réussit à faire un pas en arrière et à garder l'air détaché.

— Fais-moi une faveur, Jasper. Bas les pattes.

— Je perçois les messages de ton corps et, en ce moment, il hurle de désir.

— Tu rêves.

Ses yeux brillèrent d'un éclat lubrique.

— Et tes caresses de ce matin, je les ai rêvées, aussi ?

Hayley s'efforça de garder son sang-froid, mais son visage et son corps étaient en feu.

— Je ne sais pas ce qui m'a pris, dit-elle.

Jasper ignora sa remarque et, s'avançant vers elle, appliqua sur ses lèvres un baiser plein de fièvre.

— Rendez-vous à l'église, petite fille.

*
* *

La semaine précédant le mariage passa trop vite pour permettre à Hayley de réfléchir à un éventuel moyen d'y échapper. Mais à vrai dire, après s'être résignée de mauvaise grâce à son sort, elle s'était mise à attendre le mariage avec une impatience chaque jour accrue. La tension sexuelle entre elle et Jasper était telle qu'il devenait de plus en plus improbable qu'ils respectent l'abstinence dont ils avaient d'abord convenu. Et si Hayley avait conscience que Jasper passerait à autre chose sans aucun regret à la fin du mois, elle savait que, pour elle, rien ne serait plus jamais comme avant.

La veille de la cérémonie, Lucy annonça à Hayley qu'elle avait encore de la visite.

— Et non, ce n'est ni Myles ni Jasper, dit Lucy en réponse au regard interrogateur de son amie. C'est un prêtre.

Hayley se détendit aussitôt.

— Ah, c'est Raymond, le frère de Jasper.

— Le frère de Jasper est prêtre ? demanda Lucy avec des yeux ronds. Ça alors ! Un playboy et un prêtre dans la même famille… Ils arrivent quand même à s'entendre ?

— A ton avis ? dit Hayley.

Raymond l'attendait dans l'entrée du salon, l'air aussi à l'aise qu'un poisson hors de l'eau.

— Bonjour, Hayley, dit-il. Excuse-moi de venir te voir sans rendez-vous…

— Tu n'as pas besoin de rendez-vous, Raymond. A moins que tu veuilles une manucure, dit-elle pour plaisanter.

Il esquissa un sourire forcé.

— Je peux te parler en privé ?

— Bien sûr, dit-elle en le conduisant dans son minuscule bureau.

Elle le regarda s'asseoir. Il n'avait rien en commun avec son frère. Il avait le teint beaucoup plus pâle, les cheveux plus clairs, et, bien qu'il n'eût que quatre ans de plus que Jasper, son crâne commençait déjà à se dégarnir. Après s'être installé, il leva ses yeux noisette vers Hayley et prit une profonde inspiration.

— Je vais aller droit au fait, dit-il. Je ne suis pas tranquille à l'idée que tu épouses Jasper demain. Très sérieusement, je crois que tu devrais revenir sur ta décision.

Elle attendit une ou deux secondes avant de répondre.

— Qu'est-ce qui te fait dire ça ?

— C'est mon frère, dit-il, et je l'aime, mais je m'inquiète pour toi, Hayley. J'ai peur qu'il te rende la vie impossible. Rappelle-toi ce que c'était à Crickglades…

— Voyons, Raymond, j'étais une gamine boutonneuse en pleine crise d'adolescence. Je pleurais pour un oui ou pour un non, à l'époque. Et puis, je ne crois pas que Jasper agissait par méchanceté. Il souffrait, lui aussi, mais j'étais trop jeune pour le comprendre.

Raymond dévisageait Hayley, perplexe.

— Je croyais que tu le détestais…

— Je le détestais, oui. Mais ça m'étonne que tu ne m'encourages pas à mettre de côté ces sentiments destructeurs et à lui pardonner, dit-elle avec ironie.

— Bien sûr… Mais je tenais quand même à te mettre en garde. Tu te rends compte qu'aux yeux de Dieu, ton union avec Jasper sera éternelle et sacrée ?

— Ecoute, Raymond, dit-elle en se penchant vers lui pour le regarder bien en face, mes sentiments pour Jasper sont éternels et sacrés. Et à mes yeux à moi, c'est tout ce qui compte.

— Dieu te vienne en aide, dit Raymond en se levant. Tu l'aimes.

— Non, je ne l'aime pas, mais je ne le déteste plus comme avant.

— Et tu crois pouvoir le transformer, n'est-ce pas ? lâcha-t-il. Est-ce que tu sais combien de femmes de ma paroisse viennent me conter leurs mésaventures avec des hommes qu'elles essaient de transformer depuis des années ? Ecoute, Hayley, dit-il en lui prenant les mains et en les serrant affectueusement, fais ce que ton cœur te dit. Mais si jamais tu as besoin d'aide, sache que je serai là pour toi.

— Merci, Raymond, dit Hayley, la voix pleine d'émotion. Je m'en souviendrai.

— Et je suis désolé de ne pas pouvoir être présent demain.

— Ce n'est pas grave. Je saurai que tu penses à moi.

Il lui lâcha les mains et ouvrit la porte avec un sourire triste.

— N'oublie pas, Hayley. Je serai toujours là pour toi.

Le samedi matin, Hayley attendait à la porte de l'église tandis que Lucy s'agitait autour d'elle comme un papillon de nuit autour d'une lumière très vive.

— Tu es prête ? lui demanda-t-elle quand elle eut fini d'arranger son voile.

Hayley prit une profonde inspiration.

— Je crois, dit-elle.

— Bon, alors on y va.

Quand Hayley se mit à marcher vers l'autel et que ses yeux croisèrent ceux de Jasper, elle eut un coup au cœur. Elle vit une flamme soudaine éclairer son regard sombre et, l'espace d'un instant, il parut sous le choc lui aussi, mais quand elle arriva près de lui, il avait déjà repris sa contenance. Il la regarda à travers le tulle de son voile et lui sourit.

— Tu es très belle, dit-il.

Elle lui rendit son sourire, un peu gênée par la multitude de regards attendris posés sur eux.

— Tu n'es pas mal non plus, dit-elle, bien qu'elle le trouvât plus pâle qu'à l'ordinaire.

Le service commença, et quand le prêtre en arriva à l'échange des vœux, Hayley répéta les mots d'une voix tremblante d'émotion, consciente de la sincérité profonde qu'elle mettait dans ces promesses. Jasper, en revanche, semblait moins convaincu, et quand il se pencha vers elle pour l'embrasser, le baiser qu'il lui donna n'avait rien d'enthousiaste.

Ils signèrent le registre et sortirent sur le parvis de l'église, où les attendait la foule des photographes, tous bien décidés à obtenir le cliché parfait. Ils se rendirent ensuite sur le lieu de la réception et, après quelques verres de champagne, Hayley tenta de se convaincre que tout ce qu'elle vivait était vrai et allait durer. C'était le seul moyen de ne pas se laisser submerger par le désespoir.

Jasper, quant à lui, restait très silencieux, répondant par monosyllabes aux questions des invités, ce qui rendait Hayley folle de rage. Elle n'arrivait pas à croire qu'il lui ait demandé de jouer ce rôle de jeune mariée comblée tandis que lui, de son côté, n'avait pas la courtoisie de cacher son ennui.

Finalement, la réception se termina et ils montèrent dans la limousine qui les attendait. Hayley, très raide sur son siège, attendit qu'ils aient démarré sous les acclamations des invités pour se tourner vers Jasper. Elle fulminait.

— Merci de m'avoir fait passer pour une idiote, dit-elle.

Jasper desserra sa cravate comme s'il étouffait.

— De quoi est-ce que tu parles ?

— Tu aurais pu au moins faire semblant de t'amuser. Pendant toute la réception, on aurait dit que tu avais une arme pressée contre la tempe.

— C'est à peu près la sensation que j'avais, dit-il en se frottant le crâne avec une grimace. J'ai une migraine épouvantable, si tu veux tout savoir. J'ai juste besoin de quelques heures de sommeil.

— Une migraine ? dit Hayley d'une voix confuse. Tu aurais dû me le dire…

Il eut un geste d'indifférence et ferma les yeux.

— Ça va aller.

Mais ça n'allait pas ; Hayley s'en rendit compte très vite. Le teint de Jasper avait viré au gris et, quand il sortit de la voiture, elle crut que ses jambes ne le porteraient pas.

— Tu n'as pas l'air très bien, dit-elle en lui prenant le bras.

Il se dégagea et se mit à marcher vers sa villa, mais au bout de quelques mètres, il s'effondra. Hayley se précipita pour l'aider, mais il la repoussa avec un grognement irrité.

— Laisse-moi, c'est bon. Tu vas salir ta robe.

— Je me fiche de ma robe, dit-elle en le soulevant avec une force qui la surprit elle-même.

Elle passa un bras autour de sa taille et le traîna jusqu'à la porte d'entrée.

— Tu ne vas pas me porter par-dessus le seuil, quand même ? C'est censé être mon boulot.

— Pas le choix, dit Hayley.

Elle l'emmena dans la salle de bains la plus proche, où elle l'assit par terre, et il s'affala contre les toilettes, blafard.

— Tu peux me laisser, maintenant.

— Tu plaisantes, j'espère, dit-elle en humidifiant une serviette. Ce n'est pas le moment de penser à ta fierté, Jasper. C'est une vraie cochonnerie que tu as attrapée.

— Et c'est pour ça que tu dois t'éloigner. C'est sûrement contagieux.

Elle ignora le geste qu'il fit pour l'écarter et lui appliqua la serviette humide sur la nuque.

— Tu es brûlant, dit-elle. Je crois que je vais appeler un médecin.

— Hors de question.

Il s'agrippa au bord de la baignoire pour se relever et, une fois debout, il prit la serviette des mains de Hayley et y enfouit son visage. Hayley le regarda faire avec inquiétude.

— Mais Jasper, et si c'est sérieux ?

— Je t'ai dit que j'allais bien. C'est juste une migraine.

Elle entreprit de le débarrasser de sa veste et, à sa grande surprise, il ne résista pas. Elle dénoua sa cravate et déboutonna sa chemise, mais quand elle voulut lui ôter son pantalon, il l'arrêta.

— Pas ce soir, ma puce, dit-il en esquissant un sourire

narquois. Je ne me sens pas en grande forme, si tu vois ce que je veux dire.

Elle lui lança un regard réprobateur et lui demanda :

— Tu vas t'en sortir, sous la douche ? Je vais rester dehors, comme ça tu pourras m'appeler si tu as besoin d'aide, d'accord ?

— Ecoute, si je ne suis pas sorti dans dix minutes tu peux téléphoner à mon assureur et lui dire que tu passeras demain matin chercher le produit de mon assurance-vie.

— Parfois, tu es vraiment un pauvre type, dit Hayley. Je ne t'ai pas épousé pour ton argent et tu le sais très bien.

— Pourquoi est-ce que tu m'as épousé, Hayley ?

— Tu sais pourquoi.

Jasper se tourna vers la cabine de douche et appuya un instant le front contre le panneau de verre froid.

— Ouais, dit-il. Je t'ai fait du chantage, c'est ça ?

Mais quand il releva la tête, elle était partie.

9.

Hayley était dans la chambre de Jasper en train d'ouvrir son lit quand elle aperçut la valise qu'il avait préparée pour leur départ le lendemain matin. Un de ses employés était passé chez elle chercher ses affaires le matin même, et les avait déposées dans une autre chambre.

Elle était en train de fermer les rideaux quand Jasper entra, une serviette nouée autour de la taille, toujours aussi pâle.

— Qu'est-ce qu'on fait pour demain ? lui demanda-t-elle tandis qu'il se laissait tomber sur le lit. On annule ?

Il leva les yeux vers elle.

— On ne doit partir que vers midi, mais… je ne sais pas. Tu serais déçue ?

— Bien sûr que non. Tu es trop faible pour monter un escalier, alors prendre l'avion pour une île tropicale…

Elle posa la paume sur son front.

— Tu as encore de la fièvre. Je vais te chercher quelque chose pour la faire baisser.

Quand elle revint avec du paracétamol et un verre d'eau, elle le trouva couché sous son drap, sans sa serviette, qu'il avait laissée par terre. Elle s'assit sur le bord du lit, consciente de sa nudité si proche, à peine voilée.

— Tiens, dit-elle en lui tendant les comprimés.

Il renversa la tête en arrière et les avala avec une gorgée d'eau.

— Tu as besoin d'autre chose ? demanda-t-elle.

— Non.

— Tu es sûr ?

Il ouvrit un œil pour la regarder.

— S'il te plaît, Hayley, laisse-moi seul. Ne t'inquiète pas pour moi.

— Je vais laisser la porte ouverte pour que tu puisses m'appeler si ça ne va pas, dit-elle en se levant du lit. Et je vais transporter mes affaires dans la chambre d'à-côté.

— Tu ferais mieux de rester aussi loin que possible.

— Il est sûrement trop tard pour ce genre de précaution. Tu m'as embrassée, ne l'oublie pas. Même si, pour ce qui est de la qualité, c'était tout sauf un vrai baiser…

— Je ne voulais pas te passer mes microbes.

— Tu aurais dû me dire que tu ne te sentais pas bien.

Sa voix était soucieuse. De nouveau, il ouvrit un œil.

— Lâche-moi un peu, Hayley. Ne me frappe pas quand je suis déjà à terre.

Désarmée par cet aveu de vulnérabilité, Hayley sentit son instinct de protection refaire surface. Elle retourna s'asseoir près de Jasper et, de nouveau, caressa son front brûlant d'une main douce et apaisante.

— Excuse-moi, murmura-t-elle.

— Sois gentille, dit-il en lui touchant le dos de la main, laisse-moi me débrouiller tout seul. Je n'ai pas l'habitude qu'on me dorlote.

— Tu ne dois pas rester seul, dit-elle.

S'il l'entendit, il n'en montra rien. Elle vit sa poitrine se gonfler doucement, et sa respiration se fit de plus en plus régulière jusqu'à ce que, finalement, elle sente son corps se détendre ; il dormait.

Elle revint à trois reprises s'assurer qu'il allait bien, et il semblait dormir d'un sommeil paisible. Elle se rendit donc dans sa chambre et, à la vue du lit qui l'attendait, elle se sentit soudain écrasée de fatigue. Elle s'était levée tôt, et le manque de sommeil, combiné au stress de devoir faire semblant avec Jasper, l'avait épuisée.

Elle se sentait minable. Si faible ! Comment avait-elle pu tomber amoureuse de lui en le connaissant comme elle le connaissait ? Il était la dernière personne à pouvoir lui donner ce qu'elle voulait dans la vie, et il avait déjà gâché la vie d'une autre femme, abandonnant son propre fils pour mener une vie insouciante, dénuée de responsabilités.

Elle passa sa nuisette, se coucha et ferma les yeux pour s'endormir le plus vite possible, pour ne pas penser à ce qu'elle éprouvait quand les lèvres de Jasper touchaient les siennes…

Elle se réveilla quelques heures plus tard au son étouffé des vomissements de Jasper, de l'autre côté du mur. Elle hésita quelques instants, tiraillée entre le désir d'aller l'aider et la crainte de l'humilier par sa présence.

Elle ne se rappelait pas l'avoir vu aussi malade par le passé. A vrai dire, elle ne se rappelait pas l'avoir jamais vu malade à Crickglades. Elle se demanda si c'était la mort de sa mère qui l'avait poussé à acquérir très tôt cette forme d'autosuffisance. Il lui faisait penser à un loup léchant ses blessures loin des regards, trop fier et trop prudent pour laisser transparaître sa vulnérabilité.

Au comble de l'inquiétude, Hayley se leva, s'enveloppa dans un châle et alla presser l'oreille contre la porte de la chambre voisine.

— Jasper ? Tout va bien ?

Silence inquiétant.

Elle entra et remarqua immédiatement le lit vide et les draps froissés, trempés de sueur. La porte de la salle de bains était entrouverte, et, quand elle la poussa, elle découvrit Jasper, blanc comme un linge, effondré entre le lavabo et les toilettes, le visage contre le carrelage.

— Oh, mon pauvre, dit-elle en se précipitant vers lui. Tu t'es fait mal ?

— Ça va…, grogna-t-il en essayant de relever la tête, sans succès.

— Bon, dit Hayley, j'appelle un médecin.

— Tant que tu y es, appelle aussi le croque-mort, dit Jasper en fermant les yeux.

Elle lui rafraîchit le visage avec un gant de toilette mouillé et l'assit contre le mur avec plusieurs oreillers derrière son dos, puis elle alla téléphoner.

La clinique lui promit d'envoyer quelqu'un sous une demi-heure ; elle retourna alors à la salle de bains où elle trouva Jasper en train d'essayer de se relever. Hayley alla l'aider, mais sa lèvre tremblait, et ses larmes se mirent à couler malgré ses efforts pour les retenir.

Jasper leva son regard brumeux vers la source des gouttes qui mouillaient son bras tandis que, soutenu par Hayley, il avançait avec peine vers le lit.

— Dis-moi que ce ne sont pas des larmes de joie à la pensée que je ne serai bientôt plus de ce monde.

— Je ne supporte pas de te voir dans cet état, dit-elle en ravalant un sanglot. Je ne supporterais pas de voir qui que ce soit dans cet état.

— Oh, ça a sûrement l'air bien pire que ça ne l'est en réalité... Et c'est dire, parce que j'ai l'impression qu'on me cogne sur la tête avec ma propre pierre tombale.

Ils s'assirent sur le lit.

— Le médecin arrive, dit Hayley en reniflant et en essuyant ses larmes avec le dos de sa main.

Jasper se sentit sourire malgré la douleur et la fatigue.

— Tu commences à me faire vraiment peur à t'inquiéter comme ça pour moi, comme une bonne petite femme. Je pourrais m'y habituer.

Elle essaya de lui rendre son sourire, le menton tremblant.

— On pourrait participer à l'une de ces émissions de téléréalité, dit-elle, tu sais : « Lune de miel en enfer » ou quelque chose comme ça. Je suis sûre qu'on gagnerait.

La sonnette retentit et Hayley bondit sur ses pieds.

— C'est le docteur !

Jasper la regarda partir avec un nœud dans la gorge. Il ne

s'était jamais rendu compte à quel point cela lui avait manqué d'être dorloté. Il avait enfermé toutes ses émotions dans un recoin de son être après la mort de sa mère, mais les caresses tendres de Hayley venaient de faire sauter le verrou.

Hayley revint très vite avec le médecin, qui examina Jasper tout en lui posant une série de questions.

— Ça ressemble à une bonne gastro-entérite, conclut-il. Ça devrait passer d'ici un jour ou deux. En attendant, il doit garder le lit et boire beaucoup. Je vais lui prescrire ce qu'il faut pour le réhydrater… Voilà. Mais, passé ce délai, si son état ne s'améliore pas, il faudra l'emmener à l'hôpital pour une réhydratation par intraveineuse.

Hayley raccompagna le médecin. Quand elle revint, elle trouva Jasper à la porte de la salle de bains.

— Tu as encore envie de vomir ?

— Non. J'ai besoin de prendre une douche.

Elle s'assura qu'il avait une serviette et ferma la porte. Puis elle se dirigea vers le lit et retira les draps. Après quelques minutes de recherche, elle trouva dans le couloir l'armoire où étaient rangés les draps propres, et, très vite, elle refit le lit. Jasper sortit de la salle de bains et remarqua le changement avec un léger froncement de sourcils.

— Ce n'était pas la peine de faire ça, dit-il.

— Ce n'était rien du tout.

Elle ouvrit le lit en retournant un coin du drap et regarda ailleurs tandis que Jasper se débarrassait de sa serviette, et elle attendit d'être sûre qu'il fût sous les draps pour se retourner vers lui.

— Je vais passer à la pharmacie de garde te chercher tes médicaments. C'est sûrement pour ça que tu as si mal à la tête, tu es déshydraté. Tu penses que tu peux rester seul ?

Il hocha la tête, ce qui y déclencha un séisme d'une magnitude phénoménale.

— Ferme les yeux, dit Hayley. Je reviens aussi vite que possible.

Quand il rouvrit les yeux, il la vit debout près du lit, une boisson peu appétissante à la main.

— Il faut que tu y ailles très doucement, dit-elle en approchant le verre de ses lèvres. Commence par prendre une ou deux gorgées, pour voir si tu les gardes.

Mais il avait du mal à se concentrer avec la poitrine de Hayley juste sous son nez. Il se força à fermer les yeux et avala une gorgée.

— Je me demande si je dois voir les événements de cette soirée comme un mauvais présage, dit-il en reposant la tête sur la moelleuse pile d'oreillers arrangée par Hayley. Raymond m'a peut-être jeté un sort pour me punir de t'avoir épousée pour toutes les mauvaises raisons.

— Il est venu me voir au salon, cette semaine.

— Ah oui ? dit-il en ouvrant les yeux. Et qu'est-ce qu'il voulait ? Te dissuader de te lier à un homme aussi égoïste et cruel que moi ?

— Plus ou moins.

Il referma les yeux.

— On dirait que ça n'a pas marché.

— Oui, enfin encore une fois, Jasper, tu ne m'as pas laissé le choix. Je devais t'épouser pour sauver mon salon.

— Et moi, je devais t'épouser pour sauver mon héritage. Il n'y avait pas d'autre moyen.

— Je n'aurais jamais cru que j'en arriverais là, dit-elle après un silence. Quand j'imaginais mon mariage, je voyais… enfin, tu vois… autre chose.

— C'est sûr que le marié affalé sur le carrelage de la salle de bains, c'est rarement ce dont rêvent les jeunes filles pour leur nuit de noces.

Hayley sourit malgré elle.

— C'est sûr, dit-elle. J'imaginais plutôt du champagne dans

de grandes coupes en cristal, un lit couvert de pétales de rose et une musique douce…

— Et j'ai été beaucoup plus créatif. Essaye de ne pas trop m'en vouloir. Si ça se trouve, un jour, tu m'en remercieras.

— Non, je ne crois pas.

— Pourquoi ? Parce que c'était vraiment Myles que tu voulais ? demanda-t-il en rouvrant les yeux.

Pendant un instant, Hayley eut du mal à reconnaître le visage de son ex-fiancé.

— Je voulais épouser un homme qui m'aimait, dit-elle en regardant ses mains pour échapper au regard sombre et pensif de Jasper. Est-ce que c'est vraiment trop demander ?

— Tu as la tête pleine de rêves romantiques, dit-il. La plupart des couples cessent de s'aimer avant leur deuxième anniversaire.

— C'est parce qu'ils ne s'aiment pas vraiment, dit-elle en relevant les yeux vers lui. Mais parfois ça peut durer toute la vie.

— Il y a peut-être des exceptions, concéda-t-il, mais elles sont très, très rares.

Le silence était si intense qu'elle entendit le froissement léger des draps quand Jasper bougea le pied, juste à côté de sa cuisse.

— Tu es encore jeune, Hayley, dit-il. Tu rencontreras quelqu'un dès que nous aurons divorcé.

— Ce n'est pas facile de rencontrer des types bien, de nos jours, dit-elle. Comment est-ce que je saurai, la prochaine fois, qu'il n'est pas comme Myles ?

— Ah, tu admets que tu n'aimais pas Myles ?

— Myles est le premier homme à m'avoir dit qu'il m'aimait. J'imagine que je me suis laissé emporter par le bonheur de savoir que quelqu'un avait besoin de moi pour vivre…

Jasper reposa la tête sur ses oreillers et ferma les yeux.

— Tu mérites mieux que ça, Hayley. Je n'arrive toujours pas à comprendre pourquoi mon père nous a joué ce tour. Je sais qu'il voulait à tout prix faire pression sur ma façon de vivre, mais ça m'étonne vraiment qu'il se soit servi de toi pour ça.

— Ce n'est pas grave, Jasper, dit-elle en lui touchant le dos de la main. Ça ne va pas durer longtemps : dans un mois, tu auras ce que tu veux.

Il rouvrit les yeux et la regarda avec une expression difficile à décoder.

— Mais... et ce que tu veux, toi ? lui demanda-t-il en retournant la main et en glissant les doigts entre les siens.

Hayley avala sa salive en sentant la chaleur de sa paume pénétrer la sienne.

— Je vais juste devoir patienter un peu, dit-elle.

Il lui serra doucement la main et referma les yeux.

— Le premier jour est passé ; plus que trente, dit-il.

Hayley baissa les yeux sur leurs mains réunies et réprima un soupir. Il comptait déjà les jours qui le séparaient de sa libération tandis qu'elle chérissait chaque moment qu'ils passaient ensemble, conservant précieusement dans sa mémoire le souvenir de toutes les caresses échangées pour atténuer la douleur de la solitude à venir.

A le voir ainsi étendu sur le lit, elle se rappelait le contact ferme et brûlant de son torse musclé contre la douceur de ses seins, et sentait monter en elle une excitation incontrôlable. Elle baissa les yeux vers ses hanches et son pubis, recouverts par le drap, et son ventre se serra au souvenir de sa puissance virile pleinement déployée sous ses doigts.

Très doucement, pour ne pas le réveiller, elle lui posa la main sur le front. Il était encore chaud, mais plus en sueur comme avant. Du bout du doigt, elle suivit le dessin de ses sourcils bruns, puis effleura le satin mauve de ses paupières en s'émerveillant de la longueur de ses cils. Elle continua ensuite son chemin le long de son nez droit et son doigt resta suspendu un instant au-dessus de sa bouche tentatrice. Puis, avec délicatesse, elle traça le contour de ses lèvres sensuelles, et sa bouche se mit à fourmiller.

L'instant d'après, elle se penchait vers Jasper et baisait

ses lèvres avec douceur, mouillant du bout de la langue leur sécheresse brûlante. Il poussa un grognement et elle se redressa brusquement, le cœur battant. Mais, après quelques secondes d'attente angoissée, elle vit qu'il dormait à poings fermés.

Elle étouffa un bâillement et se coucha à côté de lui, en se promettant de ne rester que quelques minutes, avant de regagner sa chambre…

10.

Hayley ouvrit les yeux à l'aube et découvrit Jasper, la tête appuyée sur un coude, qui la regardait.

— Comment te sens-tu ? lui demanda-t-elle d'une voix éraillée.

— Plutôt bien, dit-il. Et toi ?

Elle cligna des yeux, encore endormie.

— Moi ?

Il approcha la main de son visage pour écarter une mèche rebelle.

— Oui, toi. Je ne t'ai pas contaminée ?

Elle sentit un frisson lui parcourir l'échine quand il glissa la mèche derrière son oreille.

— Je n'ai pas l'impression, dit-elle.

Ils continuèrent à se regarder en silence et l'air se mit bientôt à vibrer, saturé d'érotisme. Hayley sentit le feu lui monter aux joues en se rendant compte que son châle était par terre, et que sa nuisette était remontée dans son sommeil, dévoilant ses jambes jusqu'à la taille.

Jasper lui posa la main sur le front avec douceur.

— Tu es un peu chaude, dit-il.

— C'est juste parce que j'ai dormi près de toi…

Il attrapa une autre mèche, mais au lieu de la remonter il l'enroula autour de son doigt, les yeux toujours plongés dans ceux de Hayley.

— J'ai fait un rêve étrange, la nuit dernière, dit-il. Enfin, je crois que c'était un rêve, mais je me trompe peut-être. Si ça se trouve, ça s'est vraiment passé.

Son regard insistant fit frissonner Hayley.

— Ah oui ? dit-elle d'un air aussi innocent que possible.

— J'ai rêvé que tu m'embrassais.

Elle détourna le regard.

— C'est sûrement notre baiser à la fin de la cérémonie…

— Je ne crois pas, non, dit-il en lui relevant le menton et en la regardant dans le fond des yeux. Pourquoi est-ce que tu m'as embrassé, Hayley ?

— J'étais fatiguée, je n'avais pas les idées en place. Je suis désolée. Ça ne se reproduira pas.

— Tu n'as pas à t'excuser et je veux que ça se reproduise. Pendant que je te regardais dormir, je n'ai pensé qu'à ça. Ça fait une heure que j'ai le corps en feu.

— Jasper, je…

Elle se passa très vite la langue sur les lèvres et, voyant Jasper se rapprocher, sentit un trou béant se former dans son ventre.

— Dis-moi que tu ne veux pas faire l'amour avec moi, dit-il en lui embrassant le cou. Dis-le moi et j'arrête.

Mais comment pouvait-elle réfléchir, sans parler d'articuler une réponse, quand elle sentait sa langue se promener sur sa clavicule frémissante ? Comment pouvait-elle refuser ces sensations tant désirées : le poids de Jasper la clouant au lit et son corps d'acier plongeant dans le sien ?

Il lui embrassa le coin de la bouche, et sa langue vint caresser sa lèvre inférieure une fois, deux fois, trois fois.

— Est-ce que tu veux que j'arrête ? lui demanda-t-il d'une voix rauque.

— Non, dit-elle, et, avec un soupir, elle joignit ses lèvres aux siennes en un baiser brûlant et humide plus éloquent que tous les discours du monde. Ses mains remontèrent vers ses cheveux épais et elle y enfouit les doigts pour garder leurs bouches scellées. Chaque coup de langue de Jasper attisait le feu de ses sens et, quand il la fit rouler sur le dos, la pression ferme et chaude de son sexe contre ses cuisses lui arracha un gémissement de désir. Elle sentit les jambes viriles de Jasper se frotter contre les siennes et elle écarta les cuisses pour l'accueillir, aspirant une grande bouffée d'air quand elle le sentit frôler les tendres replis de son intimité, exaltée de le savoir si puissant, si proche.

Les lèvres de Jasper abandonnèrent alors sa bouche pour revenir dévorer son cou, avant de descendre, avec une lenteur insoutenable, vers son décolleté, et juste au moment où Hayley crut qu'elle allait devenir folle, Jasper fit glisser les bretelles de sa nuisette sur ses épaules. Dans le silence qui suivit, elle sentit le feu de son regard sur ses seins blancs et roses, aux mamelons fièrement dressés.

— Tu es parfaite, dit-il en prenant doucement ses seins dans les mains, les yeux brûlant de désir. Tu es si belle…

Elle eut un instant le souffle coupé quand il baissa la tête vers sa poitrine et happa l'un de ses mamelons entre ses lèvres, sa langue roulant sur sa pointe avec ardeur. Puis, d'une main glissée entre leurs deux corps, il chercha l'intimité brûlante de Hayley, et l'entrouvrit du bout des doigts, révélant son humidité soyeuse.

Il se mit à la caresser d'une main experte et elle gémit de plaisir, le corps agité de frissons de plus en plus forts, au gré de ses caresses. Il grogna des paroles osées contre sa bouche, mais elle ne pouvait répondre, submergée par l'intensité de ses sensations. Elle était au bord du vertige quand elle sentit sa bouche quitter la sienne pour tracer un chemin incandescent vers le bas de son corps, en s'attardant sur ses seins, en s'arrêtant sur son nombril juste assez longtemps pour l'enflammer, avant de rejoindre l'endroit où tous ses nerfs semblaient s'être rassemblés, dans une minuscule perle qui menaçait à chaque instant d'exploser.

Au premier coup de langue, Hayley se cambra et poussa un gémissement qui monta lentement dans les aigus tandis que Jasper prolongeait sa caresse. Elle ne put rien faire contre l'ouragan de sensations qui se déchaîna en elle avec la violence d'un volcan qui aurait attendu des siècles pour entrer en éruption.

L'extase secoua tout son être et la laissa alanguie dans les bras de Jasper, épuisée et comblée.

Il prit alors un préservatif dans le tiroir de la table de chevet, et Hayley, encore haletante, sentit remonter son excitation en le voyant dérouler la protection sur son sexe. Il revint sur elle et, capturant sa bouche en un baiser impétueux, s'engouffra dans ses tendres profondeurs. Hayley se crispa, suffoquée de le sentir soudain en elle, si indéniablement présent et si puissant.

Jasper s'immobilisa et la regarda avec inquiétude.

— Je vais trop vite ?

— Non… Non, bien sûr que non, dit-elle en pressant le dos contre le matelas pour essayer de se détendre.

Il fronça les sourcils.

— Tu as déjà fait l'amour, n'est-ce pas ?

— Bien sûr que oui.

— Combien de fois ?

— Euh… Juste une…

Jasper poussa un juron et commença à se retirer.

— Non ! s'écria-t-elle en le retenant. Je veux qu'on continue. Ma première fois était un désastre, c'est pour ça que je n'ai jamais vraiment eu envie de réessayer.

Jasper la regarda d'un air encore plus soucieux.

— Est-ce qu'on t'a forcée…

— Non, oh non ! dit-elle. Nous étions juste jeunes et sans expérience. Le garçon avec qui j'étais ne savait pas ce qu'il faisait, et moi non plus. C'était pitoyable.

— Tu aurais dû me le dire. J'aurais pu y aller un peu plus doucement. Je t'ai fait mal ?

— Pas vraiment… Tu m'as plutôt… surprise. Mais continue, je t'en prie, dit-elle en posant les mains sur ses fesses pour le maintenir en elle. Depuis des années, j'ai l'impression que je n'existe pas sexuellement. Prouve-moi le contraire, Jasper. Fais-moi me sentir femme.

Il hésita, mais Hayley, qui le sentait déjà se raidir dans le fourreau étroit de son sexe, contracta puis relâcha ses muscles intimes, et il se laissa aller en elle avec un grognement de plaisir. Il se mit à onduler au-dessus d'elle, doucement d'abord, tendrement, puis de plus en plus vite comme s'il se laissait dépasser par son excitation. Hayley était au paradis. Le plaisir qu'elle avait de se sentir si totalement envahie par la force, la chaleur et la passion de Jasper défiait l'imagination, et l'odeur musquée de son corps, le goût salé de sa peau, le frottement sensuel de sa mâchoire barbue contre sa joue ajoutaient encore à son ivresse.

Les baisers de Jasper se faisaient de plus en plus possessifs et elle les lui rendait avec une fièvre grandissante ; sa langue glissait contre la sienne avec ardeur, et ses mains caressaient son dos perlé de sueur tandis qu'il continuait d'aller et venir en elle, son excitation s'intensifiant à chaque seconde. Elle resserra ses muscles autour de lui, les détendit puis les resserra de nouveau jusqu'à ce qu'elle le sente lutter, haletant, pour garder la maîtrise de soi.

Il ralentit la cadence et se mit à la caresser en même temps, puis, quand elle se pâma sous ses doigts, il se lança dans une série de petits mouvements très rapides, explosifs, qui la propulsa au septième ciel et leur ouvrit enfin les portes de l'osmose ultime.

Jasper se laissa retomber avec un profond soupir de satisfaction. Hayley, de son côté, avait l'impression que son corps avait explosé en un millier de petits morceaux, suspendus dans l'air autour d'elle, qui venaient peu à peu reprendre leur place sur sa personne.

Elle regarda Jasper rouler sur le dos, les yeux fermés, et s'émerveilla encore une fois de la puissance et de la beauté de son corps musclé. Elle tendit la main et lui caressa le torse et la hanche, et il ouvrit les yeux pour la regarder, découvrant sur ses lèvres un sourire hésitant, presque timide. Il enroula le bras autour de son cou et serra sa tête soyeuse contre sa poitrine, et la caresse du nuage de cheveux bruns sur sa peau nue provoqua au fond de son cœur une contraction presque douloureuse. Il se demanda d'où venait cette harmonie physique si parfaite, presque viscérale, qu'il n'avait jamais ressentie avec aucune de ses amantes avant Hayley.

— C'est la première fois que j'éprouve autant de plaisir, lui dit-il dans un souffle.

Hayley lui caressait la cuisse du bout du doigt, la joue si proche de son cœur qu'elle le sentait battre, et ses pulsations se répercuter en elle. Elle continua de promener les doigts sur sa cuisse pendant quelques instants, puis se détourna et se leva du lit.

— Où est-ce que tu vas ? demanda Jasper.

— Prendre une douche, dit-elle en ramassant son châle sur le sol et en couvrant sa nudité avec une pudeur qui le fit sourire. Si on ne veut pas rater l'avion, il faut qu'on s'active.

— Tu veux toujours y aller ?

— Tu te sens assez en forme ?

— Je suis surpris que tu me poses la question, dit-il en se levant à son tour. Je croyais t'avoir démontré de façon plutôt magistrale que, malgré mon petit passage à vide d'hier, j'étais de nouveau en pleine santé.

Elle baissa les yeux.

— J'étais tellement inquiète.

Il s'approcha d'elle et lui releva le menton.

— Je dois dire que j'aime ta façon de manifester ton inquiétude, dit-il avec un sourire coquin.

— Ne confonds pas tout, Jasper. Ce n'était que du sexe.

— Pourquoi est-ce que tu dis ça ?

— Parce que c'est tout ce que tu as à offrir, n'est-ce pas ? dit-elle en le regardant dans les yeux. Pas d'engagement, pas d'avenir en commun, rien que du sexe…

— Et ça te convient ?

— Je n'ai pas le choix, dit-elle, le visage fermé. Mais de toute façon, je suis sûre que l'attirance qu'on ressent l'un pour l'autre se sera dissipée avant la fin du mois.

— Tu crois ?

Elle le regarda avec un sourire las.

— Je le sais, Jasper. Tu n'es jamais resté avec quelqu'un plus d'un mois ou deux.

— Mais on pourrait continuer tant que ça marche, dit-il. Tu ne crois pas ?

— Dans quel but ? On veut des choses complètement différentes. Ça ne ferait que m'empêcher de chercher ce dont je rêve vraiment, et tout ça pour une relation qui, de toute manière, ne mène nulle part.

— Je te désire, Hayley, lui lança-t-il comme elle partait vers la salle de bains. Et tu me désires.

Elle se retourna pour lui faire face.

— Je ne peux pas te promettre le long terme, continua-t-il. Mais ce qu'on a là, maintenant… même si ça ne dure pas toute la vie… c'est mieux que rien, non ?

Pas si elle en sortait avec le cœur brisé, pensa Hayley en actionnant la douche quelques instants plus tard. Il lui semblait que désormais son futur et son bonheur étaient entre les mains de Jasper Caufield, cet homme qui avait déjà abandonné et fait souffrir tant de femmes. Serait-elle sa prochaine victime ?

11.

Hayley jeta un coup d'œil aux billets quand ils arrivèrent au comptoir d'enregistrement.

— Je crois qu'il y a une erreur, dit-elle en regardant Jasper. Les billets sont pour Bedarra Island, mais c'est à Green Island qu'on devait aller avec Myles.

Jasper posa leurs valises sur le tapis roulant avant de se tourner vers elle.

— Je me suis permis de modifier ta réservation. Je ne voulais pas que tu passes ton temps à déprimer en pensant à lui. Et puis, Bedarra est beaucoup plus tranquille et plus luxueuse.

Hayley resta en retrait tandis qu'il récupérait leurs cartes d'embarquement. Elle n'était pas très à l'aise à l'idée de se rendre avec lui sur cette île de rêve, si célèbre et romantique, qui ne comprenait que seize villas isolées construites en bordure de la forêt tropicale et face à l'océan, avec une vue spectaculaire sur les îles voisines de la côte du Capricorne. C'était la destination privilégiée des jeunes mariés fortunés qui ressentaient le désir de se retrouver complètement seuls.

Dès qu'ils eurent embarqué, Hayley plongea le nez dans un livre, glissant de temps à autre un regard vers le siège d'à-côté, où Jasper semblait somnoler, encore très pâle.

Après l'atterrissage, en fin d'après-midi, ils prirent un bateau qui les emmena sur Bedarra Island. L'océan étincelait sous le soleil et, à leur arrivée sur l'île, le parfum humide et sucré des tropiques, qu'exhalaient de superbes jardins paysagés, leur emplit les narines tandis qu'on les menait à leur villa.

Quand ils furent seuls, Jasper sortit la bouteille de Bollinger du seau à glace qui se trouvait dans le salon.

— Alors, qu'est-ce que tu en penses ? demanda-t-il à Hayley en lui tendant l'une des coupes qu'il venait de servir.

Hayley prit la coupe pétillante et regarda autour d'elle avec émerveillement. La luxueuse villa, en duplex, offrait une intimité exceptionnelle et possédait même une terrasse avec spa qui donnait sur l'océan.

— C'est fabuleux, dit-elle en buvant une gorgée du délicieux champagne. Mais ce n'était vraiment pas la peine de modifier la réservation. Ça a dû te coûter une fortune.

— Ce sera sûrement la seule lune de miel de ma vie, dit-il, alors autant qu'elle soit réussie.

Hayley sentit son cœur se serrer. Elle savait qu'il n'avait jamais eu l'intention de se marier, et encore moins avec elle, mais avait-il besoin de le lui rappeler sans cesse ?

Il leva son verre.

— Buvons à ce mois de vie commune.

— Je ne sais pas si j'ai envie de boire à ça..., dit-elle en le regardant avec des yeux de la même couleur que l'océan au-dehors. Tu ne veux pas... un vrai mariage, Jasper ? lui demanda-t-elle dans un murmure. Tu sais... quelqu'un que tu retrouves tous les jours en rentrant chez toi, à qui tu racontes ta vie, ses hauts et ses bas, quelqu'un que tu connais comme toi-même...

Il posa son verre d'un geste sec.

— Arrête ça, Hayley. Arrête ça tout de suite. On a conclu un marché. Ce mariage est temporaire, et tu le sais très bien.

— Tu ne peux pas passer le reste de ta vie tout seul, dit-elle. On a tous besoin d'amour.

— On dirait les paroles d'une chanson, dit-il d'un air moqueur. Oublie tes rêves romantiques, Hayley. Ça ne marchera pas avec moi.

Elle se mordit la lèvre et baissa les yeux vers les bulles qui dansaient dans son verre.

— Non, je sais… Mais c'est toujours agréable de s'entendre dire : « Je t'aime. »

Jasper eut l'air extrêmement contrarié.

— Je savais que coucher avec toi serait une erreur, grommela-t-il. Tu ne comprends vraiment pas, hein ? Ça n'a rien à voir avec toi, tu es une fille adorable, mais je ne peux pas t'offrir davantage que le mois dont on a convenu.

— Alors pourquoi est-ce que ce matin tu m'as parlé de continuer aussi longtemps que ça marcherait entre nous ? Pourquoi est-ce que tu as été si tendre avec moi ? Est-ce que c'était juste une manière de t'assurer que je ne te mettrais pas les bâtons dans les roues ?

— C'est ce que tu penses ? dit-il en la regardant au fond des yeux.

— Oui, dit-elle, la lèvre tremblante. Tu savais que j'avais un faible pour toi, et tu l'as encouragé dans ton propre intérêt, sans aucun scrupule…

Il y eut un silence plein de tension.

— Est-ce que tu es en train de me dire que tu m'aimes ?

Hayley ne put soutenir son regard pénétrant.

— Non, bien sûr que non, dit-elle. Je ne suis pas si bête.

— Bon, tant mieux, dit-il. Parce que je t'ai prévenue dès le début. Je n'y peux rien si tu t'obstines à ne pas tenir compte de mes mises en garde et que tu finis avec le cœur brisé.

Elle le regarda, des larmes de colère dans les yeux.

— Espèce de salopard insensible… Tu ne penses vraiment qu'à toi, n'est-ce pas ? Tout ce que tu fais dans ta vie, c'est pour toi et toi seul, et c'est comme ça depuis des années. Si j'étais Daniel Moorebank, j'aurais honte de t'avoir pour père. Tu n'es pas digne de ce nom.

Il lui jeta un regard plein de haine.

— Tu ne sais pas de quoi tu parles, espèce de petite vipère. Tu ne sais rien de la situation.

— D'après ce que j'ai entendu de la bouche du mari de Miriam, tu n'as jamais voulu leur verser un sou pour Daniel. Comment est-ce que tu peux tourner le dos à ton propre fils ?

— Alors tu as rencontré ce cher Martin Beckforth, dit Jasper avec une grimace de mépris.

— Il est venu chercher sa mère au salon il y a deux ou trois mois. Tu sais, c'est difficile d'élever des enfants qui ne sont pas les siens, et ça l'est encore plus quand le vrai père ne remplit pas ses obligations.

— Je veux bien payer n'importe quoi pour Daniel, mais je refuse d'entretenir ce crétin fainéant, répliqua Jasper entre ses dents.

— Tu le condamnes bien vite, lâcha-t-elle. Je l'ai trouvé très gentil et très soucieux du bien-être de Daniel, qui n'a pas l'air d'être un ado facile.

— Ecoute, Hayley, ne te mêle pas de ma vie. Tu peux dormir dans mon lit quand tu veux, mais ne te mêle pas de ma vie privée.

Il lui tourna le dos et sortit de la villa, en claquant la porte si fort derrière lui que les verres tremblèrent sur le plateau d'argent.

Elle ne le vit pas de la soirée, ce qui accrut encore sa colère. Elle se sentait stupide, assise seule à la terrasse du restaurant, à manger sans appétit un plat pourtant délicieux et à déguster son vin, parmi tous ces couples qui se regardaient tendrement et se disaient des mots doux.

Elle finit par partir et décida d'aller faire une promenade sur la plage. Elle ôta ses sandales pour pouvoir sentir sous ses pieds le sable fin. La lune brillait, faucille blanche suspendue dans le ciel déjà sombre, entourée d'une myriade d'étoiles.

Au bout de la bande de sable, Hayley aperçut une silhouette solitaire dont la stature athlétique se découpait sur l'horizon plus clair. Jasper lançait des cailloux dans l'eau, et le bruit de leurs ricochets troublait le silence de la nuit tropicale.

Hayley songea qu'il rêvait sûrement d'avoir quelque chose

de plus gros à portée de main pour le jeter dans l'eau avec toute sa colère. Elle voyait qu'il était nerveux, ses gestes étaient brusques, son dos raide et, en s'approchant, elle devina, aux lignes anguleuses de sa mâchoire et de son cou, la tension de ses muscles.

Il dut sentir sa présence car il se tourna vers elle, le regard incendiaire.

— Si tu es venue chercher des excuses, tu peux toujours courir, dit-il en se baissant pour ramasser un autre galet.

Ils l'entendirent briser la surface de l'eau dans le silence.

— J'avais l'air maligne à dîner toute seule, lâcha Hayley d'une voix amère. Tu aurais quand même pu faire un effort et jouer ton rôle d'époux. C'est notre marché, tu te rappelles ? En public, on est censés se comporter comme un vrai couple.

Il s'avança vers elle, si près qu'elle eut du mal à continuer à le regarder dans les yeux.

— Qu'est-ce qui ne va pas, petite fille ? On se sent seule, tout à coup ?

— Tu es vraiment méchant.

— Et toi, tu es une sale petite curieuse.

Elle serra les poings, déterminée à ne pas le gifler malgré l'envie qui la taraudait.

— Comme je regrette d'avoir dit oui à cette mascarade…

— Pourquoi est-ce que tu l'as fait, alors ?

— Tu sais très bien pourquoi.

Un sourire amusé, à la limite de la suffisance, se dessina sur ses lèvres.

— Parce que tu ne pouvais pas me résister ?

— Tu sais, Jasper, je vais te le faire regretter, ce mariage. Je peux te garantir qu'à la fin du mois, tu te mordras les doigts de m'avoir épousée.

Il changea aussitôt d'attitude. Un éclair de rage passa dans son regard et il lui saisit les bras, en plantant sans ménagement les doigts dans sa chair.

— Je préfère t'avertir, ma jolie. Si tu as l'intention de me plumer au moment du divorce, tu ferais bien d'y réfléchir à deux fois. J'ai plusieurs parades en réserve qui te feraient passer l'envie de jouer à ça avec moi.

Les yeux de Hayley brillèrent de colère au clair de lune.

— Je te hais.

— Ah, voilà, je préfère ça, dit-il en lui lâchant les bras. Je commençais à trouver que tu t'attachais un peu trop à moi.

— Je. Te. Hais. Je ne supporte pas l'idée que tu me touches.

— Menteuse.

— C'est vrai, dit-elle en relevant le menton.

Il eut un rire moqueur.

— Tu ne sais pas mentir, Hayley. Depuis que tu as seize ans, tu ne rêves que d'une chose : que je te prenne et que je te...

Elle le gifla avant qu'il puisse finir sa phrase. Le claquement résonna dans l'air de la nuit, et sa paume se mit à fourmiller, brûlante. Un silence vibrant, menaçant, régna soudain dans l'obscurité.

— Tu sais, dit-il d'une voix pleine de hargne, tu n'aurais vraiment pas dû faire ça.

Elle lutta contre l'angoisse qui nouait sa gorge.

— Tu l'as bien cherché, réussit-elle à articuler.

— Et toi, qu'est-ce que tu cherches, Hayley ? lui demanda-t-il en saisissant une poignée de ses cheveux et en l'attirant vers lui d'une main douce, mais intransigeante. Pourquoi est-ce que tu m'as rejoint ici ? Tu avais encore envie de moi, avoue-le, c'est pour ça que tu es là. Tu rêves que je te fasse l'amour sur le sable.

Il éclata d'un rire provocant.

— Tu-me-veux. Et je vais te le prouver.

— Lâche-moi, dit Hayley entre ses dents. Tu me dégoûtes.

Mais il l'attira encore plus près de lui, jusqu'à ce qu'elle sente sur ses lèvres la caresse de son souffle.

— Il va falloir que tu m'y obliges, dit-elle, le regard animé d'une lueur tentatrice. Vas-y. Je t'en défie.

Hayley n'arrivait pas à réfléchir. En proie à un mélange déroutant de colère et de désir, elle voulait à la fois repousser

Jasper et l'attirer à elle, en elle. Ses orteils se recroquevillèrent dans le sable quand elle sentit son corps viril tendu contre le sien, et soudain leurs bouches s'unirent, et un violent séisme secoua tout son être.

Il l'embrassa avec passion jusqu'à ce qu'elle sente ses genoux fléchir, et ils se laissèrent aller ensemble sur la douceur moelleuse du sable, lui sur elle, l'écrasant de tout son poids, enroulant ses longues jambes musclées autour des siennes. Il tira sur les fines bretelles de sa robe pour libérer ses seins et les enveloppa dans la chaleur de ses paumes, tout en frottant son pouce contre ses mamelons durcis avant d'y faire jouer sa langue et ses dents, intensifiant violemment son désir.

Ivre de sensations, elle déchira la chemisette de Jasper et la fit glisser sur ses épaules tout en pressant les lèvres contre son cou, où elle sentait battre son pouls, et en suçant sa peau salée. Il haletait contre son oreille, et, dans un grognement, finit par remonter sa robe, et écarta la dentelle de sa minuscule culotte pour accéder au cœur vibrant de son plaisir. Elle sentit ses doigts plonger dans la chaleur humide de son sexe et, avec un gémissement lascif, agrippa la ceinture de son short et en fit jaillir son membre dressé, qui bondit vers son intimité comme la flèche vers sa cible.

Elle suffoqua de plaisir quand il plongea en elle, et elle planta les doigts dans ses fesses musclées pour s'arrimer à lui tandis qu'il continuait à aller et venir, chaque fois un peu plus vite, un peu plus fort et un peu plus profondément jusqu'à ce qu'elle doive lutter, pantelante, pour suivre son rythme frénétique. Enfin, elle se cambra et tout son corps se tendit, précipité par un dernier élan explosif dans la cascade tonitruante du plaisir suprême.

Flottant dans les limbes délicieux de l'assouvissement total, Hayley sentit le corps de Jasper se détendre contre le sien, et, sans penser à rien, promena les doigts sur son dos encore agité de frissons.

Mais la honte la submergea dès qu'il se leva, le visage

empreint d'une expression maussade. Il ramassa son short et sa chemisette.

— Tu ferais bien de te rhabiller, dit-il. J'entends quelqu'un qui arrive.

Elle se remit debout, remonta les bretelles de sa robe qui retomba sur ses genoux, et partit en chancelant vers le chemin qui menait à leur villa.

Jasper attendit qu'elle ait disparu pour ramasser ses sandales dans le sable. Il les fit osciller dans sa main pendant quelques instants, puis, d'un pas beaucoup plus lent, se mit en marche, le front plissé par la contrariété.

12.

Hayley sortit de la douche beaucoup plus tard, et prit soin d'éviter le regard de Jasper quand elle entra dans la chambre.

— Hayley, il faut qu'on parle.

Elle lui tourna le dos et fouilla dans sa valise ouverte à la recherche de sa chemise de nuit.

— Je n'en ai aucune envie, lâcha-t-elle.

Elle l'entendit pousser un soupir frustré, puis sentit sa main sur son bras et se retourna vers lui.

— Ecoute-moi, Hayley…, commença-t-il.

Elle donna une claque sur sa main comme s'il s'agissait d'un moustique.

— Je ne veux pas t'écouter. Je ne veux plus rien avoir à faire avec toi, espèce de salaud arrogant.

Il resserra son étreinte.

— Tu vas te taire et m'écouter, nom de Dieu ?

Hayley sentit sa lèvre trembler.

— Tu as profité de moi, lança-t-elle sur un ton accusateur.

Les traits de Jasper se durcirent.

— C'est faux, dit-il. Tu aurais très bien pu m'arrêter et tu ne l'as pas fait. Tu en avais autant envie que moi.

Des étincelles de colère brillèrent dans ses yeux bleu-vert.

— Mais c'est parce que tu t'arranges toujours pour que je ne puisse pas te résister ! Ah, je te déteste !

— Ce n'est pas ma faute si tu ne sais pas te contrôler.

— C'est toi qui ne sais pas te contrôler, riposta-t-elle. Tu ne t'es même pas protégé.

Il planta son regard dans le sien.

— C'est de ça que je veux te parler. Tu prends la pilule ?

— Qu'est-ce que ça peut te faire ? dit-elle. On ne va passer qu'un mois ensemble. Tu ne veux pas connaître ma pointure, tant que tu y es ?

— Je connais déjà ta pointure. Tu avais laissé tes sandales sur la plage.

— J'ai aussi laissé ma dignité sur la plage. Tu ne l'aurais pas ramassée, par hasard ?

Pendant au moins trente secondes, dont chacune sembla une éternité à Hayley, il la fixa sans mot dire de son regard insondable.

— Je suis désolé, dit-il enfin d'une voix rauque et inégale.

Hayley se sentit désarçonnée par son changement de ton. Sa colère tomba, et elle fut soudain au bord des larmes.

— Ce n'est pas grave, marmonna-t-elle en détournant les yeux. Je n'aurais pas dû te gifler.

Il lui prit le menton et la força à le regarder.

— C'est vrai, dit-il. Mais je dois reconnaître que je l'ai bien cherché. On a quand même un effet étrange l'un sur l'autre, tu ne trouves pas ? Je peux avoir envie de te tordre le cou, et, l'instant d'après, vouloir te faire l'amour jusqu'à en exploser.

Cette confession sans fard réveilla le désir de Hayley.

— C'est pareil pour moi, murmura-t-elle.

— Mais c'est justement là notre problème, reprit-il. Comme tu l'as dit, je ne me suis pas protégé, ce qui soulève une question importante.

— Je ne suis pas dans une période à risque…

« Du moins, je ne crois pas », ajouta-t-elle en pensée, en espérant ne pas se tromper.

— A quoi est-ce que tu te fies pour affirmer ça ? lui demanda-t-il. A ton intuition féminine ?

Elle se força à soutenir son regard scrutateur.

— Je te dis qu'il n'y a aucune chance pour que je tombe enceinte à cette période du mois.

— Bon, dit Jasper, quoi qu'il en soit, cela n'arrivera plus.

Hayley ne put réprimer une grimace de dépit.

— Tu veux dire que tu ne… enfin… qu'on ne va plus…

Elle sentit ses joues s'empourprer devant son air amusé.

— Coucher ensemble ?

— Euh… oui…

— Je croyais que tu ne supportais pas que je te touche, dit-il. Dois-je comprendre que tu as changé d'avis ?

Hayley plongea les yeux dans son regard sombre et tentateur et poussa un soupir intérieur. Comme elle aurait aimé qu'il partage ses sentiments ! Elle savait que ce ne serait jamais le cas, mais malgré cela, elle ne parvenait pas à cesser de le désirer.

— Au fond, on n'est ensemble que pour un mois, dit-elle, heureuse que sa voix paraisse si décontractée. Pourquoi ne pas en profiter tant que ça dure ?

— C'est vraiment ce que tu penses ?

Elle lui lança un grand sourire, en faisant de son mieux pour ignorer un douloureux serrement de cœur.

— Je connais les règles, Jasper.

Il la regarda dans le fond des yeux et fit un pas vers elle. Sa bouche n'était plus qu'à quelques centimètres de la sienne.

— Dans ce cas, dit-il, je ferais bien de m'assurer que chaque minute de notre mariage soit mémorable. Qu'est-ce que tu en penses, petite fille ?

Hayley ne pouvait pas penser, c'était bien là le problème. Pas avec la bouche de Jasper si proche de la sienne et la tentation de son corps d'acier brûlant serré contre le sien. Alors elle ferma les yeux et il fondit sur elle, scellant ses lèvres d'un baiser passionné.

Puis il la souleva comme si elle pesait le poids d'une plume et la porta jusqu'à l'immense lit. Elle soupira de plaisir en s'enfonçant dans le matelas moelleux tandis qu'il s'allongeait sur elle, la bouche contre la sienne, ses mains cherchant déjà la douceur de ses seins. Elle sentit ses paumes chaudes les caresser à travers le fin tissu de sa robe, qu'il lui enleva soudain avec une impatience exaltante, avant de dévorer du regard son corps enfin nu. Elle eut un instant le souffle coupé quand il referma les dents autour d'un de ses mamelons, et se cambra en sentant son menton viril frotter contre son sein tandis qu'il la tétait avec une ardeur sauvage. Puis il descendit vers le cœur battant de son désir, et un nouveau soupir de béatitude s'échappa de sa gorge quand, d'une langue semblable à un poignard brûlant, il plongea en elle et la fit monter au ciel.

13.

Hayley s'éveilla sous la caresse du soleil, le corps chaud de Jasper pressé contre son dos. Leurs ébats de la veille avaient été étourdissants de plaisir. Elle avait eu l'impression d'atteindre un niveau de conscience supérieur, où chacun de ses nerfs vibrait en réponse aux stimulations de ses mains, de sa bouche et de son enivrante présence masculine. Elle ne s'était pas crue capable d'un tel abandon.

— Tu es réveillée ? dit-il en l'embrassant dans le cou.

— Oui. Tu as bien dormi ?

— Comme un bébé, dit-il en se hissant au-dessus d'elle et en plongeant son regard dans le sien. Ça te dit d'aller pique-niquer, aujourd'hui ?

— Où ça ?

— Sur une plage privée. J'ai commandé un pique-nique gastronomique. Je vais le chercher pendant que tu te prépares.

A son retour, Hayley l'attendait en Bikini, sarong et sandales, et ils passèrent un après-midi merveilleux à paresser sur la plage, après avoir partagé le somptueux festin. Jasper avait même acheté des combinaisons spéciales pour qu'ils puissent nager et plonger dans les eaux tropicales sans craindre la piqûre mortelle de la cuboméduse.

Le soir arriva et, après un fabuleux dîner, ils burent du champagne dans le Jacuzzi privé en contemplant l'océan argenté, dont une brise tiède faisait onduler la surface.

Hayley poussa un soupir comblé et étira les jambes.

— J'aimerais pouvoir rester ici toute la vie.

— Avec moi ? demanda Jasper avec un sourire sensuel, en lui faisant du pied sous l'eau bouillonnante.

Elle lui rendit son sourire.

— Tu n'es sûrement pas le pire compagnon qui soit pour un séjour forcé sur une île tropicale.

— Je vois que je monte dans ton estime, dit-il en lui caressant l'intérieur de la cuisse avec le pied. Tu es sûre que tu veux bien de moi maintenant, même si je ne suis pas le dernier homme sur terre ?

Elle riposta en l'éclaboussant, mais il lui attrapa les mains et l'attira vers lui, et elle se retrouva à cheval sur ses genoux. Son cœur se mit à battre quand elle sentit entre ses cuisses la pression ardente de son érection.

Il plongea les yeux dans les siens.

— Tu sais quoi, Hayley ?

— Quoi ? lâcha-t-elle dans un murmure rauque, en regardant sa bouche s'approcher de la sienne.

— Je trouve que ça fait beaucoup trop longtemps qu'on n'a pas fait l'amour, dit-il, et il effleura sa bouche avant d'ajouter : au moins trois heures.

— C'est vrai, dit-elle en taquinant ses lèvres du bout de la langue. Qu'est-ce qu'on peut faire pour arranger ça ?

Il lui prit le visage entre les mains, le regard brillant.

— Je pensais à quelque chose de ce genre, dit-il en l'embrassant.

Les six jours qui suivirent s'écoulèrent dans une félicité parfaite pour Hayley, qui se laissa aller aux plaisirs luxueux de l'île paradisiaque et à la magie enivrante des moments passés dans les bras de Jasper. Son corps vibrait sous ses doigts ; ses sens s'embrasaient chaque fois qu'il la regardait de son air nonchalant et plein de sous-entendus. Elle ne pouvait réprimer un frisson d'extase quand elle pensait aux sommets sensuels qu'elle avait escaladés sous sa tutelle experte et, dans ses moments les plus sombres, se demandait comment elle allait vivre sans cette fantastique exaltation une fois leur mariage fini. Il n'avait pas reparlé de leur divorce à venir ; elle n'osait pas espérer que c'était parce qu'il avait changé d'avis sur la question. Et, dans un effort pour prolonger l'harmonie qu'ils avaient atteinte, elle évitait les sujets sensibles et essayait de profiter au maximum des moments qu'ils passaient ensemble, de façon à pouvoir garder des souvenirs qui ne soient pas entachés par leurs habituelles chamailleries.

Elle avait été étonnée de constater à quel point elle appréciait sa compagnie quand elle n'essayait pas de marquer des points contre lui. Lui aussi semblait s'être détendu, et les ombres tapies dans ses yeux sombres avaient peu à peu disparu.

Mais, à sa consternation, dès le jour de leur retour, elle remarqua un changement dans son attitude. Ils venaient d'atterrir à Sydney et il avait rallumé son portable pour consulter ses messages quand elle vit l'expression reposée de son visage disparaître derrière un masque de contrariété.

— Tout va bien ? lui demanda-t-elle tandis qu'il rempochait son téléphone, les sourcils froncés.

— Hein, quoi ? fit-il avec irritation, en la regardant comme si elle était une parfaite inconnue venue l'importuner.

— Pas la peine de me parler comme ça, répliqua-t-elle d'une voix offensée.

Il se passa une main nerveuse dans les cheveux et soupira.

— Excuse-moi, ma puce, dit-il avec un rapide sourire forcé. C'est le travail ; j'ai des obligations imprévues qui viennent de me tomber sur le coin de la tête.

— Tu veux en parler ? dit-elle en glissant son bras sous le sien. Je peux peut-être t'aider.

Doucement, mais fermement, il libéra son bras.

— Merci, mais non, ça ira. Je vais me débrouiller. Tu as assez à faire avec ton salon, sans devoir te soucier en plus de mes affaires.

Hayley ressentit une déception cuisante. Jasper était déjà

en train de l'exclure de sa vie. Ils montèrent dans la voiture qui les attendait devant l'entrée du terminal, et il lui adressa à peine la parole de tout le voyage, le visage crispé comme si une angoisse profonde le rongeait de l'intérieur.

Son humeur ne s'améliora pas à leur arrivée chez lui. Il se mit à arpenter le salon comme un lion en cage, et envoya même promener Hayley quand elle lui demanda ce qu'il voulait pour le dîner.

— Nom de Dieu, Hayley, tu vas arrêter ton numéro de bonne petite épouse ? Tu m'exaspères à être aussi gentille.

— Dans ce cas, tu veux peut-être que je déménage tout de suite ? suggéra-t-elle en croisant les bras. Pourquoi prolonger cette comédie alors que c'est évident que tu ne peux déjà plus me supporter ?

Il lâcha un juron et prit ses clés dans le vide-poches.

— Je sors, l'informa-t-il sèchement.

— Où est-ce que tu vas ?

— Voir quelqu'un. Ne m'attends pas pour dormir.

— Je ne serai sûrement même plus là quand tu rentreras, répliqua-t-elle en luttant pour retenir ses larmes.

— Tu fais ce qui te chante, dit-il, et, sans se retourner, il ferma la porte derrière lui.

Pendant quelques instants, Hayley envisagea vraiment de partir, mais elle était fatiguée et affamée, et l'idée de se retrouver dans son petit appartement après la semaine de rêve qu'elle venait de passer sous les tropiques la déprimait trop.

Elle défit donc sa valise et lança une lessive avant de prendre une douche, puis elle s'assit sur le canapé et noya son chagrin dans un pot de glace à la fraise. Elle regarda la télé jusqu'à ce que ses yeux se voilent et, jetant un coup d'œil à sa montre, sentit son ventre se serrer en constatant qu'il était près de 3 heures du matin. Jasper n'était toujours pas rentré, et elle ne put s'empêcher de repenser au texto qu'il avait reçu à l'aéroport, en songeant qu'une de ses nombreuses maîtresses lui avait sans doute proposé un rendez-vous nocturne. Elle savait qu'il ne lui avait rien promis, mais cette trahison manifeste de l'intimité qu'ils avaient partagée tout au long de la semaine signifiait qu'il ne se souciait absolument pas de ce qu'elle pouvait ressentir, et cela lui brisait le cœur.

Elle se leva et, le pas lourd, monta se coucher, en décidant de dormir dans la chambre d'amis pour faire savoir à Jasper ce qu'elle pensait de son comportement. Mais cela ne servit à rien, car il ne rentra pas de la nuit.

Quand elle descendit dans la cuisine le lendemain matin, les yeux bouffis, elle y trouva une minuscule dame philippine, très affairée, qui l'accueillit avec une chaleur et un enthousiasme réconfortants.

— Je m'appelle Rosario, je suis la femme de ménage, dit-elle. Vous êtes sa femme, c'est ça ? Ah, vous êtes drôlement belle ! Vous avez faim ? Je vais vous préparer un bon petit déjeuner. Asseyez-vous. Vous voulez une tasse de café ?

Hayley s'assit en souriant et se laissa dorloter. Rosario parlait sans arrêt, mais cela ne la dérangeait pas ; elle était heureuse de n'avoir rien à dire de plus, pour une fois, que « oui » ou « non », ou « ah, vraiment ? » de temps en temps.

— Monsieur est un très bon patron, dit Rosario en débarrassant le couvert de Hayley un peu plus tard. Il me paye bien. Il est très gentil.

— Oui.

— Il a besoin d'une bonne petite femme, maintenant. Il est temps pour lui de se poser et d'avoir des bébés, eh ?

Hayley lui adressa un pâle sourire.

— Vous êtes une gentille fille, dit Rosario. Ça se voit. Vous ne l'aimez pas pour son argent, comme toutes les autres. Il travaille trop dur. Je n'arrête pas de lui dire qu'il devrait se reposer, mais il ne m'écoute pas. Mais avec vous, il sera bien. Vous l'aimez beaucoup, eh ? dit-elle en applaudissant de plaisir. Oh, ce sera un très bon mariage !

Hayley sentit son cœur se serrer. Comment pouvait-elle dire la vérité à la joyeuse petite femme de ménage : que non seulement son mariage n'avait rien de bon, mais surtout que, dans vingt-trois jours, il serait terminé ?

*
* *

Lucy accueillit chaleureusement Hayley à son arrivée dans le salon ce matin-là.

— Alors, comment s'est passée la fausse lune de miel ?

— Bien… Très bien…

Lucy haussa ses fins sourcils.

— Tu n'as rien fait avec lui, n'est-ce pas ?

Hayley baissa les yeux sur le cahier de rendez-vous.

— Rien quoi ?

— Tu sais très bien ce que je veux dire. Fait l'amour. Couché. Fait des cochonneries.

— Euh… peut-être que si.

Lucy poussa un grognement.

— Je savais que ça arriverait, dit-elle. Mais enfin, Hayley, tu es folle ou quoi ? Ce n'est pas un mariage sérieux. Ce type-là n'attend que la fin du mois pour passer à autre chose.

Hayley tourna les yeux vers son amie.

— Je croyais que tu commençais à bien l'aimer ? Tu ne m'avais pas dit que tu le trouvais beaucoup mieux que Myles ?

— C'est vrai que je l'aime bien : quelle femme ne l'aimerait pas ? Il est le charme et la sensualité incarnés. Mais ça ne veut pas dire qu'il fallait aller aussi loin avec lui.

— Je sais, dit Hayley en poussant un lourd soupir. Mais je n'ai pas pu m'en empêcher.

— Ne me dis pas que tu es tombée amoureuse de lui ! Ce serait bien la chose la plus bête que tu aies jamais faite.

Hayley demeura silencieuse.

— Oh non, dit Lucy. Hayley, ce n'est pas vrai !

— Je sais que ça peut sembler stupide et fou, mais je crois qu'en fait, ça fait des années que je l'aime.

— Alors pourquoi est-ce que tu voulais épouser Myles, si c'est Jasper que tu as toujours aimé ?

Hayley la regarda d'un air un peu honteux.

— Sûrement parce que, comme tu l'as dit, j'ai cru que Myles pouvait m'offrir l'amour et la sécurité dont j'avais besoin. Et comme je savais au fond de moi que je ne pouvais pas avoir Jasper, je me suis convaincue que Myles était l'homme de ma vie.

— Et maintenant tu as Jasper, mais ce n'est que temporaire. Alors qu'est-ce que tu vas faire ?

— Je ne sais pas... Continuer à jouer le jeu, prier pour un miracle, et espérer qu'il tombe amoureux de moi.

— Et si ça n'arrive pas ? dit Lucy d'une voix pleine d'inquiétude.

— Ne t'en fais pas pour moi, dit Hayley. Je m'en sortirai.

— Tu prends la pilule, n'est-ce pas ?

— Euh... oui...

— Et vous avez utilisé des préservatifs ?

— La plupart du temps, oui.

— Comment ça, la plupart du temps ? Nom de Dieu, Hayley, C'est Jasper Caufield. Tu sais avec combien de femmes il a couché avant toi ?

— Je sais ce que je fais, dit Hayley. S'il arrive quoi que ce soit, ce sera ma responsabilité. Je le sais. Je l'ai toujours su.

Lucy la serra dans ses bras.

— Fais attention, Hayley, c'est tout. Je ne veux pas que tout ça te rende malheureuse. Regarde ce qui est arrivé à Miriam Moorebank. Elle a mis des années à rencontrer quelqu'un de bien qui accepte de l'épouser. Les hommes n'aiment pas trop les femmes qui ont conservé de leur vie d'avant un souvenir en couche-culotte.

« Comment pourrais-je l'ignorer ? » songea Hayley avec désespoir.

14.

Quand Jasper rentra ce soir-là, Hayley l'attendait dans le salon.

— Où étais-tu la nuit dernière ? lui demanda-t-elle.

— Je t'ai dit que j'avais des choses à régler pour le travail, dit-il en se servant un verre de brandy.

Elle trouva sa désinvolture irritante et lui lança un regard plein de mépris.

— Et ça t'a pris toute la nuit ?

Il but une gorgée avant de répondre :

— Eh bien oui, tu vois.

Des étincelles de colère brillèrent dans ses yeux bleu-vert.

— Espèce de sale menteur, cracha-t-elle. Avec qui étais-tu ?

— Je n'ai pas à discuter de ma vie privée avec toi.

— Tu ne peux pas t'en empêcher, n'est-ce pas ? Une seule femme, ce ne sera jamais assez pour toi…

— Qu'est-ce que c'est que ce numéro de femme jalouse, Hayley ? Je t'ai pourtant bien dit de ne pas prendre ton rôle trop à cœur.

— Ne t'inquiète pas. Je sais que ce sera fini dans vingt-trois jours. Mais laisse-moi te dire une bonne chose. Si tu crois que tu peux partir comme ça des nuits entières, je vais le faire moi aussi et, comme toi, je ne te dirai ni où je suis allée ni avec qui j'étais.

Il serra les lèvres et reposa son verre d'un geste sec.

— Tu n'as pas intérêt.

— Je fais ce que je veux, dit-elle.

Furieuse, elle quitta la pièce. Elle n'avait pas vraiment l'intention d'aller où que ce soit, mais en voyant que Jasper ne la rappelait pas et ne venait pas la chercher, elle décida de sortir quand même, histoire de lui montrer ce dont elle était capable. Elle prit son sac, monta dans sa voiture et partit, sans savoir où se rendre, jusqu'à ce qu'elle passe devant un hôtel où elle allait souvent boire un verre avec Myles quand ils sortaient ensemble. Elle s'arrêta, laissa ses clés au voiturier et entra.

Elle s'installa dans le piano-bar et sirota un cocktail sans alcool en écoutant avec émotion les chansons tristes que jouait le pianiste. Elle en était à son deuxième verre et à son dernier mouchoir quand elle entendit quelqu'un l'appeler.

— Hayley !

— Myles, dit-elle sans enthousiasme.

Il s'assit en face d'elle.

— Qu'est-ce que tu fais ici toute seule ? Où est ton mari ?

— Euh… Il ne va pas tarder, mentit-elle.

Il lui prit la main avant qu'elle puisse l'en empêcher.

— Hayley, je suis désolé pour tout ce qui s'est passé. Je veux que tu saches que j'ai tiré une vraie leçon de mes erreurs.

— D'accord, Myles, dit-elle en essayant de dégager sa main.

— Je t'aime, Hayley, dit Myles en resserrant son étreinte. Je t'ai fait tant de mal… J'y pense sans cesse, je n'en dors plus la nuit. Je veux que tu saches que si les choses ne marchent pas avec Jasper, je serai là pour toi. On pourra s'enfuir ensemble et faire un bébé comme on avait dit. On pourra mener la belle vie avec l'argent de ton divorce.

— Myles, je t'en prie…

Soudain, une ombre tomba sur elle, et une voix tonna à ses oreilles.

— Comme c'est touchant.

Hayley libéra sa main de celle de Myles et se leva, fébrile.

— Jasper, je… je…

Elle se tut. Face aux éclairs de rage qui brillaient dans les yeux de Jasper, elle savait qu'elle perdrait son temps à essayer de se justifier. Il se tourna vers Myles.

— Si vous voulez bien nous excuser, Lederman, dit-il avec un sourire dédaigneux. Ma femme et moi avons à faire. J'espère que vous comprenez.

— Oui... Oui, bien sûr, dit Myles d'un air nerveux.

Jasper entraîna Hayley dehors en la tirant par le poignet, les ongles plantés dans sa peau ; elle trébuchait derrière lui comme une enfant punie, incapable de marcher assez vite, crispée par la douleur.

Il donna une liasse de billets à l'employé du parking et lui indiqua l'adresse où ramener la voiture de Hayley, puis il la traîna jusqu'à la sienne, les traits raidis par la colère.

— Monte, cria-t-il en ouvrant la portière d'un geste furieux.

Hayley s'exécuta et il claqua la portière derrière elle, puis il rejoignit à grands pas le côté conducteur et, fulminant, démarra dans un rugissement de moteur.

— Jasper, je...

— Laisse tomber, la coupa-t-il. J'en ai assez de tes mensonges.

— Mais tu ne comprends pas...

— Oh, si, je comprends très bien. Je sais ce que tu mijotes, Hayley, je m'en doutais depuis le début. Tu aurais très bien pu refuser de m'épouser et t'en sortir quand même, mais tu ne l'as pas fait parce que tu voulais te venger de moi, et quelle meilleure revanche que de me faire ce que ta mère a fait à mon père ?

— C'est faux, dit-elle. Au début, peut-être, mais plus maintenant.

— Tu vas me dire que tu es tombée amoureuse de moi, c'est ça, histoire d'enfoncer un peu plus le couteau dans la plaie ? Garde ces salades pour toi. Tout ce qu'il y a entre nous, c'est du sexe, et je dois reconnaître que pour ça, tu te débrouilles, mais c'est tout ce que tu obtiendras de moi.

— Je ne veux rien de toi, riposta Hayley, la colère venant

au secours de sa fierté blessée. Tu es un salaud au cœur sec, et tu mérites de pourrir en enfer.

Ils firent le reste du trajet dans un silence pesant sans que la fureur de Jasper paraisse retomber, et Hayley sentit la peur lui serrer le ventre. Une fois à l'intérieur de la maison, elle se dirigea vers l'escalier, mais il la retint par le bras et lui fit faire volte-face.

— Pas si vite, petite fille. Je n'en ai pas fini avec toi.

Elle tenta de se dégager.

— Je n'ai rien à te dire.

— Mais je ne parle pas de discuter, dit-il en l'attirant contre son corps tendu, les yeux brillant de désir. Qu'est-ce que tu en penses, trésor ? Tu veux qu'on profite de notre mariage tant qu'il dure ?

Hayley tenta d'ignorer la courbe sensuelle de ses lèvres en plantant les yeux dans les siens, mais ce fut une erreur. L'intense magnétisme de son regard de braise la submergea aussitôt et, incapable de résister, elle laissa la bouche de Jasper s'écraser sur la sienne. Ce fut un cataclysme d'émotions mêlées, colère et passion, frustration et désir se combinant dans un baiser éperdu qui faillit lui faire perdre la raison.

Il baissa les bretelles de sa robe avec une ardeur presque animale, satisfait quand il put caresser ses seins nus, dont les pointes rosées étaient si dures qu'elles s'enfonçaient dans ses paumes. Il quitta sa bouche pour les prendre entre ses dents, les soumettant l'une après l'autre à un mordillement à la fois agréable et douloureux, puis se mit à les sucer avidement, la caresse rugueuse, brûlante de sa langue arrachant à Hayley un gémissement de plaisir.

Il la retourna contre le mur, souleva sa robe jusqu'à la taille et se frotta contre elle avec une sensualité presque insoutenable. Tremblante de désir, elle le sentit écarter sa culotte et, au bruit sec de sa fermeture Eclair, les battements de son cœur se précipitèrent.

— Oh, oui…, soupira-t-elle tandis qu'il s'engouffrait dans la chaleur soyeuse de son intimité.

Il se mit à aller et venir à un rythme vif jusqu'à ce que, secouée de spasmes, elle atteigne en criant l'extase suprême tandis qu'il explosait en elle avec un râle de jouissance.

Il retourna Hayley vers lui et l'embrassa de toutes ses forces, puis il lui prit le visage dans les mains et resta quelques instants à la regarder. Hayley soutint son regard un peu timidement, le corps encore frémissant au souvenir de ses caresses.

— Tu sais, Jasper…

Il se tourna pour remonter sa fermeture Eclair et s'avança vers l'autre bout du salon en se passant longuement la main dans les cheveux.

Hayley n'en était pas tout à fait sûre, mais il lui semblait qu'il était, comme elle, profondément troublé par ce qui venait de se passer entre eux. Ce qu'elle avait vu dans son regard, c'était de la sidération, comme si jamais de sa vie il n'avait ressenti quelque chose d'aussi intense et dévorant.

— Je sais que c'est difficile à croire, Jasper, mais je n'avais pas rendez-vous avec Myles.

Il fit volte-face, les traits tendus par un mépris incrédule et moqueur.

— Oui, comme tu dis, c'est difficile à croire.

— Mais je t'assure que c'est la vérité. Je ne te trahirais jamais comme ça. Je ne ressens rien pour Myles, je crois même que je n'ai jamais rien ressenti pour lui…

— Ça ne m'intéresse pas, Hayley, dit-il en prenant dans sa poche son mobile qui venait de biper.

Il fronça les sourcils en lisant le nouveau message.

— C'est encore une de tes maîtresses qui te cherche, c'est ça ? demanda Hayley, incapable de se retenir. Tu n'es vraiment qu'un sale hypocrite. Quand je pense que tu m'as ramenée à la maison en me faisant une scène parce que j'ai eu le malheur de rencontrer par hasard mon ex-fiancé, et que toi, de ton côté, tu passes de lit en lit sans le moindre scrupule… Mais après tout, on n'est mariés que pour un mois. Pourquoi me soucier de tout ça…

Il lui jeta un regard impitoyable.

— Exactement, dit-il. Pourquoi t'en soucier ?

« Parce que je t'aime, voilà pourquoi. » Les mots faillirent lui échapper, mais, avant qu'elle ait pu ouvrir la bouche, Jasper avait tourné les talons et la porte d'entrée s'était refermée derrière lui avec un claquement définitif.

Au cours des deux semaines suivantes, Hayley se rendit compte que Jasper faisait tout pour l'éviter. Elle tâcha de se concentrer sur son travail, affichant un grand sourire devant ses clientes dans le salon, mais quand elle rentrait à la villa le soir, elle avait le cœur lourd.

Elle avait déménagé toutes ses affaires dans une des chambres d'amis, et quand Rosario vint faire le ménage et s'étonna de ce changement, Hayley lui expliqua qu'elle était enrhumée et ne voulait pas contaminer Jasper. C'était un peu vrai, se dit-elle pour justifier ce petit mensonge. Elle se sentait malade. Son appétit avait beaucoup baissé, ce qui était très inhabituel, et certaines odeurs lui donnaient mal au cœur, en particulier celle du café.

Le lendemain, comme tous les matins, Lucy arriva dans le salon avec deux grands gobelets en carton.

— Un café au lait, un ! dit-elle en retirant le couvercle de l'un d'entre eux et en le tendant à Hayley.

Hayley se couvrit la bouche et courut vomir aux toilettes. Lucy accourut derrière elle avec une serviette-éponge.

— Je suis en train de me dire qu'au lieu d'un café, c'est un test de grossesse que j'aurais dû t'apporter, remarqua-t-elle avec sarcasme.

Hayley sentit la sueur lui perler sur la nuque. Elle avait dix jours de retard. Cela n'avait rien d'exceptionnel dans la mesure où ses cycles n'avaient jamais été très réguliers, surtout en période de stress, mais elle avait aussi mal aux seins. Tout au long de la semaine, elle avait réussi à ignorer le doute qui s'insinuait dans son esprit, tant l'idée de porter l'enfant de Jasper l'angoissait.

Car il verrait cet enfant comme une erreur, elle le savait, et le rejetterait comme il avait rejeté le premier.

— C'est peut-être une gastro, dit-elle, bientôt prise d'une nouvelle nausée.

— Oui, je connais ce genre de gastro. Elles durent environ neuf mois et provoquent de sacrés ballonnements.

Hayley se passa de l'eau sur le visage et grimaça dans le miroir.

— Ce serait bien ma veine... On se sépare dans une semaine.

— Alors il n'a pas changé d'avis ?

— Non, soupira Hayley. Je le sens déjà s'éloigner.

— Bon, ma chérie, dit Lucy avec compassion, pourquoi est-ce que tu ne prendrais pas une petite journée de congé ? Les rendez-vous d'aujourd'hui sont bien espacés, je devrais pouvoir me débrouiller seule.

— Ça ne t'ennuie pas ?

— Pas du tout, dit Lucy avec un sourire. Allez, va vite faire un test ; ce sera plus facile après de réfléchir à ce que tu dois faire.

— Je sais déjà ce que je vais faire, dit Hayley en prenant son sac.

Lucy lui lança un regard pénétrant.

— Tu ne veux quand même pas lui cacher.

— Je n'ai pas le choix.

— Mais, Hayley, tu *dois* lui dire !

— Non, Lucy. Je ne peux pas. Tu imagines la colère qu'il va piquer ? Il regrette la naissance de son premier enfant depuis qu'il a dix-huit ans. Je ne peux pas lui dire. Il me forcerait à avorter ou quelque chose comme ça.

— Personne ne peut te forcer à faire ça. C'est à toi de décider ce qui est le mieux pour toi.

— Eh bien justement, le mieux pour moi, ce n'est certainement pas de dire à Jasper qu'il va être papa. Il va penser que j'ai fait exprès de tomber enceinte pour l'obliger à rester marié avec moi.

— Et ce n'est pas le cas ?

Hayley se mordit la lèvre.

— Je ne l'ai pas fait exprès, non, mais peut-être que, inconsciemment, j'ai laissé arriver des choses qui n'auraient pas dû arriver. J'aurais dû faire plus attention.

— En même temps, je crois que même une nonne aurait du mal à résister à Jasper.

— A qui le dis-tu ! soupira Hayley.

Hayley découvrit le résultat du test de grossesse avec un mélange de joie et de terreur. Elle posa la main sur son ventre et sentit une vague d'émotion la traverser à l'idée qu'elle portait l'enfant de Jasper. Mais quand elle envisagea sa réaction à lui, la panique la submergea. Elle se rassura en se rappelant qu'ils devaient bientôt divorcer et qu'ils auraient peu de chances de se croiser par la suite à présent que Gerald était mort. C'était contre ses principes de cacher une nouvelle aussi importante, mais elle savait que, pour Jasper, ce ne serait qu'un sujet de contrariété.

Elle l'entendit entrer dans la maison et se hâta de fourrer le test au fond de la poubelle de la salle de bains, en se promettant qu'elle irait le jeter dans le bac à ordures un peu plus tard.

Elle attendit dans sa chambre, assise sur son lit, en supposant que Jasper allait repartir sans venir la voir comme il l'avait fait tous les soirs ces deux dernières semaines, mais, à sa surprise, elle entendit ses pas se rapprocher et s'arrêter devant sa porte.

— Hayley, je peux te parler ?

Elle se leva et ouvrit la porte avec hésitation, en adressant à Jasper un regard interrogateur. Il remarqua aussitôt sa pâleur et le désordre de ses cheveux.

— Tu vas bien ?

— Oui, oui… Je suis un peu fatiguée, c'est tout.

— Bon, j'imagine que ça répond à ma question…

— Qu'est-ce que tu voulais me demander ?

— Si ça te disait qu'on aille dîner ensemble.

Hayley masqua son plaisir derrière un sarcasme.

— Aucune de tes petites amies n'est libre, ce soir ?

— En fait, je suis invité à une réception professionnelle, et j'ai pensé que tu voudrais peut-être m'accompagner.

La joie de Hayley se mua en colère.

— Donc la seule raison pour laquelle tu me proposes de venir, c'est que tu as besoin que je joue le rôle de la jeune épouse dévouée.

— C'est une des raisons, oui, mais il y en a une autre.

— Laquelle ?

Il sembla hésiter avant de répondre.

— Je me suis rendu compte que j'avais été plutôt distant ces derniers temps. Ça n'a rien à voir avec toi et je suis désolé si tu en as souffert. C'est juste que j'ai beaucoup de soucis en ce moment.

Hayley savait qu'elle ne devait pas se laisser attendrir, mais elle fondit quand même.

— Tu veux m'en parler ? lui demanda-t-elle.

Il lui caressa le menton du bout des phalanges, si doucement qu'elle sentit son cœur gonfler dans sa poitrine.

— Tu peux être prête en combien de temps ?

Elle se passa la main dans les cheveux avec une grimace.

— Il faut que je prenne une douche et que je me maquille.

— Je te donne quinze minutes.

Le dîner se déroulait dans un restaurant qui donnait sur la plage et, malgré le concert de voix animées et le tintement des verres et des couverts sur les assiettes, Hayley entendait les vagues s'écraser sur le rivage au-dehors.

Elle était assise à la gauche de Jasper, à côté d'un homme d'une quarantaine d'années, propriétaire d'une compagnie de construction à laquelle Jasper avait fait appel pour l'un de ses plus gros projets.

— Je dois dire que je suis surpris, mais ravi, d'apprendre votre mariage avec Jasper, dit David Braithwaite. Cela fait des années que je le tanne pour qu'il se range et fonde une famille.

— Vous êtes marié ? lui demanda Hayley, consciente que Jasper avait passé le bras autour du dossier de sa chaise.

— Oui, ça fait dix ans maintenant. Anna, ma femme, aurait dû être là ce soir, mais elle attend notre troisième enfant et elle a des nausées le matin, le midi, l'après-midi et le soir, la pauvre chérie.

Hayley rougit des pieds à la tête.

— J'espère que ça va vite lui passer, dit-elle, en frissonnant quand elle sentit les doigts de Jasper glisser dans ses cheveux et lui caresser la nuque.

— Alors, qu'est-ce que tu en penses, mon vieux ? demanda David à Jasper. Tu ne trouves pas que Hayley ferait une bien jolie maman ? Il ne faut pas attendre trop longtemps, tu sais. Mieux vaut avoir ses enfants tant qu'on est jeune, on a moins de mal à les comprendre quand ils grandissent.

Hayley sentit les doigts de Jasper se crisper et répondit pour lui avec un rire forcé.

— On n'est mariés que depuis trois semaines, dit-elle. Donnez-nous un peu de temps.

David eut un grand sourire.

— Ma fille aînée, Julie, a été conçue pendant notre lune de miel. On ne l'a jamais regretté. C'est un vrai petit ange tout comme notre fils Ben, d'ailleurs. Les enfants vous font vous sentir entiers ; il n'y a rien de tel que de les voir naître. Je n'avais pas pleuré depuis que j'étais gamin, mais j'ai sangloté comme un crétin quand ils sont venus au monde.

L'attention de Jasper fut détournée par son autre voisin de table et Hayley ressentit un profond soulagement. Elle discuta encore un peu enfants avec David, puis s'excusa poliment quand elle vit leur serveur s'approcher avec le café.

Jasper la rejoignit un peu plus tard sur le balcon du restaurant, où soufflait une douce brise marine.

— Tout va bien ? lui demanda-t-il.

— Oui, oui, dit-elle avec son meilleur sourire. J'avais juste besoin de prendre l'air.

— Je suis désolé pour Dave. Il est un peu trop bavard de temps en temps.

— Je l'ai trouvé gentil.

Jasper baissa les yeux vers elle, et son regard se mit à briller dans la faible lumière.

— Hayley…

— Oui ?

Elle s'en voulut d'avoir répondu aussi vite, et sur un ton aussi plein d'espoir, aussi pathétique. Pendant de longues secondes, il la fixa de ses yeux sombres, insondables.

— Je suis désolé de te faire ça, mais je vais être obligé de partir. Je dois voir quelqu'un pour une affaire urgente.

Elle fit tous les efforts du monde pour contenir sa déception.

— Ah, d'accord…

— Je ne sais pas quand je vais rentrer. Je viens de recevoir un coup de téléphone.

— D'une femme ? lâcha-t-elle malgré elle.

Jasper la regarda un instant, puis détourna les yeux.

— Ce n'est pas ce que tu penses, Hayley…

— Je t'en prie, dit-elle, épargne-moi les détails sordides.

Il la prit par le bras.

— Viens, dit-il. Je te raccompagne.

Elle se dégagea, les yeux étincelant de colère.

— Non, non, dit-elle, ne te dérange pas pour moi. Je ne veux surtout pas te retenir, je sais à quel point tu as à faire à cette heure de la nuit. Je vais prendre un taxi.

Jasper la regarda quitter rageusement le balcon. Comme il aurait souhaité la rassurer ! Mais il n'avait pas le temps de la rappeler, et, de toute façon, il ne pouvait en aucun cas lui expliquer la situation.

15.

Environ une heure plus tard, Hayley s'apprêtait à se coucher quand la sonnette du portail retentit. Elle s'enveloppa dans son châle et alla répondre à l'Interphone.

— Qui est là ?

— C'est Daniel, répondit une voix de jeune garçon.

Elle pressa le bouton qui déverrouillait le portail, puis elle ouvrit la porte et aperçut au bout de l'allée un adolescent à la silhouette dégingandée. Quand il s'avança dans la lumière, elle vit soudain qu'il avait un cocard à l'œil droit et qu'une entaille sanglante ornait sa lèvre enflée.

— Oh mon Dieu ! s'exclama-t-elle. Qu'est-ce qui t'est arrivé ?

Il se balança d'un pied sur l'autre d'un air gêné et baissa le regard.

— Ce n'est rien, marmonna-t-il. C'est moins douloureux que ça en a l'air.

Elle le fit entrer et referma la porte.

— Au fait, je suis Hayley, dit-elle. Tu dois être le fils de Jasper, Daniel Moorebank.

Il releva brièvement les yeux vers elle, et quelque chose dans son regard brun-vert lui suggéra qu'il n'aimait pas trop être identifié comme tel.

— Il est là ? demanda-t-il après un léger silence.

— Non, je suis désolée, dit-elle. Il avait… euh… du travail à faire.

— Vous savez quand il va rentrer ?

Hayley se sentit un peu bête de ne pas pouvoir lui répondre.

— Je ne sais pas exactement, non. Il ne m'a pas donné d'heure. Mais ce n'est pas grave, reste. Tu veux des glaçons, pour ton œil ? Ça doit te faire horriblement mal.

— Je ne veux pas vous déranger…

Il se remit à se balancer maladroitement sur ses jambes, la tête rentrée dans ses maigres épaules. Hayley lui offrit une chaise.

— Allons, assieds-toi, je vais t'en chercher.

Elle revint avec un gant de toilette rempli de glace.

— Tiens, lui dit-elle. Pose ça contre ton œil, ça devrait le faire dégonfler. Est-ce que tu veux un verre de jus d'orange, ou autre chose ?

Il rougit.

— Je ne devrais même pas être là, dit-il avec une grimace.

Elle s'assit en face de lui.

— Mais bien sûr que si, dit-elle, tu peux venir quand tu veux. Tu as le droit de voir ton père.

Il croisa timidement son regard.

— Je ne pense pas à lui comme ça. Pour moi, il a toujours été Jasper, rien de plus.

— Tu ne l'appelles pas papa ? demanda-t-elle, étonnée.

— Non. Ce serait bizarre. On n'a pas ce genre de relation.

Hayley se sentit bouillir d'indignation en pensant à la façon dont Jasper avait traité son fils unique. Comment les choses avaient-elles pu en arriver là ? On voyait que ce garçon avait de gros problèmes : il sortait d'une bagarre où il avait pris des coups, il avait l'air à la fois inquiet et désabusé. De toute évidence, c'était Jasper qui, en refusant d'assumer ses responsabilités de père, avait créé cette situation.

— Est-ce que ta mère sait où tu es ? lui demanda-t-elle.

Son visage se ferma.

— Je lui ai dit que j'allais chez un ami.

— Tu veux rester dormir ici ? lui demanda-t-elle spontanément.

Il baissa le gant de toilette et la regarda.

— Je peux dormir ici ? demanda-t-il avec une expression touchante, pleine d'espoir, qui le faisait paraître beaucoup plus jeune que ses quinze ans.

— Bien sûr, dit-elle. Tu ne l'as jamais fait ?

Il secoua la tête et replaça le gant sur son œil.

— On ne m'y a jamais vraiment encouragé, dit-il.

Hayley se sentit plus en colère que jamais contre Jasper. Rien d'étonnant à ce qu'il ne veuille pas que son fils traîne à la maison s'il avait l'habitude d'y ramener ses diverses maîtresses pour les séduire comme il l'avait séduite, pensa-t-elle avec amertume. Mais tout cela allait changer à présent… Du moins pour les quelques jours où elle était encore là.

— Tu as dîné ? demanda-t-elle à Daniel.

— Non.

— Tu veux une omelette ou un sandwich, ou autre chose ? C'est très rapide à préparer.

Il lui lança un regard reconnaissant.

— Si vous êtes sûre que ça ne vous dérange pas…

Elle se leva et repoussa sa chaise.

— Ça ne me dérange pas du tout. J'adore faire à manger. Et j'adore manger aussi, ce qui est un peu un problème, à vrai dire.

Il sourit de travers à cause de sa lèvre enflée.

— Je ne crois pas que vous ayez à vous en faire. Jasper m'a dit que vous aviez un corps de rêve.

— Il t'a dit ça ? s'exclama-t-elle, bouche bée.

— Oui…

Après un silence, il ajouta :

— Je suis désolé de ne pas avoir pu venir à votre mariage. Je voulais le faire, mais…

— Je comprends, dit Hayley, en se demandant ce que Jasper avait dit à son fils des raisons de leur union.

— Je suis vraiment content qu'il se soit marié, continua

Daniel. J'ai toujours eu l'impression que c'était un peu à cause de moi s'il avait fui le mariage pendant si longtemps.

— Je suis sûre que tu te trompes, dit Hayley, même si elle savait qu'au fond il avait raison.

Daniel la regarda dans les yeux.

— Je crois que personne ne devrait être forcé à faire quoi que ce soit, dit-il. Cela aurait été un désastre, vous savez… s'il avait épousé ma mère…

Hayley se mit à casser des œufs dans un bol.

— Qu'est-ce qui te fait dire ça ? lui demanda-t-elle, les yeux baissés sur son omelette.

— Il ne l'aime pas. Il ne l'a jamais aimée.

« Il ne m'aime pas non plus », eut-elle envie de dire. Elle se retourna vers lui, le bol dans les mains.

— Mais toi, tu comptes beaucoup pour lui, dit-elle. Et il compte pour toi, n'est-ce pas ?

Le visage de Daniel s'adoucit.

— Oui, énormément. C'est mon meilleur ami. C'est pour lui que j'ai supporté tout ça.

Hayley eut le sentiment d'avoir manqué quelque chose. De quoi parlait-il ? Enduré quoi ? Elle se tourna vers la cuisinière et, mécaniquement, commença à faire cuire l'omelette, en essayant de donner du sens à ses paroles contradictoires.

— Vous avez vécu ensemble à Crickglades pendant quelques années, n'est-ce pas ? lui demanda-t-il.

— Oui, dit-elle. Je suis arrivée quand j'avais quatorze ans. Je suis repartie après le divorce, trois ans plus tard.

— Ah, d'accord. C'est pour ça que je ne vous ai pas vue avant… à Crickglades, je veux dire.

— Tu allais souvent voir ton grand-père ?

— De temps en temps, dit-il avec une note de regret dans la voix. Pas autant que j'aurais voulu.

— On ne t'y encourageait pas vraiment ? devina-t-elle.

— Oui, quelque chose comme ça, dit-il avec un sourire tordu.

Hayley fit glisser l'omelette sur une assiette et la lui tendit.

— Eh bien, ici, tu es le bienvenu, dit-elle avec chaleur. Tu peux venir quand tu veux.

Daniel était couché depuis à peu près une heure quand Hayley entendit Jasper arriver. Le rugissement de sa voiture dans l'allée lui rappela le lion qui rentrait à sa tanière.

Il entra, jeta ses clés dans le vide-poches en marmonnant un juron et s'avança dans le salon en serrant et en desserrant les poings, puis il se retourna et aperçut Hayley.

Elle bondit d'inquiétude en voyant sur sa lèvre une grosse coupure qui saignait encore.

— Oh mon Dieu ! Qu'est-ce qui t'est arrivé ? demanda-t-elle pour la seconde fois ce soir-là.

Il s'essuya la bouche du revers de la main, en grimaçant à la vue du sang.

— Ce n'est rien. C'est moins douloureux que ça en a l'air.

« Quelle ironie », pensa-t-elle en s'approchant pour examiner les dégâts.

— Ton fils a dit exactement la même chose, remarqua-t-elle.

Il se raidit soudain et un pli profond barra son front.

— Il est venu ici ?

— Il est encore là, dit Hayley. Il dort à l'étage et à voir son visage c'est à croire qu'il a pris la même porte que toi dans la figure.

L'expression de Jasper se fit encore plus amère.

— Oui, et c'est une porte sacrément solide, je peux te dire, mais je crois que là, je l'ai mise hors d'état de nuire pendant un certain temps.

Hayley fronça les sourcils, complètement perdue.

— Qu'est-ce qui se passe ? demanda-t-elle. Vous arrivez tous les deux avec l'air de sortir d'un match de boxe contre un champion poids lourd…

Jasper cracha du sang dans son mouchoir.

— Reste en dehors de tout ça, Hayley. Ce ne sont pas tes affaires.

Elle lui lança un regard accusateur.

— C'est toi qui l'as frappé ?

Il se recula dans un sursaut comme si elle venait de le gifler et la regarda, le visage pâle, sous le choc.

— Comment est-ce que tu peux me demander ça ?

Elle devait reconnaître que c'était une question stupide. Pendant toute leur conversation, Daniel n'avait eu que des mots élogieux pour Jasper.

— Excuse-moi, dit-elle. Je sais bien que tu ne ferais jamais une chose pareille.

— Pour qui est-ce que tu me prends ? s'indigna-t-il. C'est un gosse, bon sang. Il a une vie assez dure comme ça.

Il s'avança vers le bar et se versa une mesure de whisky, qu'il avala cul sec avant de reposer le verre, la main tremblante.

— Je suis désolée, dit Hayley. Daniel a l'air gentil. Je m'inquiétais pour lui, c'est tout.

— Tu viens de le rencontrer, dit Jasper. Comment est-ce que tu peux t'inquiéter pour lui ?

— Parce que je l'aime bien, dit Hayley. Et crois-le ou non, Jasper, je t'aime toi aussi. Je t'aime. Voilà, je l'ai dit. Je t'aime et je crois que je t'ai toujours aimé.

Les traits de Jasper se raidirent.

— Tu dis n'importe quoi, Hayley. Je ne suis pas l'homme qu'il te faut et tu le sais très bien. Tu connais les règles. Nous divorcerons dès que possible.

— Je ne veux pas divorcer.

Jasper se figea.

— Mais moi, si, dit-il sur un ton dur et glaçant.

Hayley sentit les larmes lui monter aux yeux.

— Je sais que tu ne le penses pas, dit-elle d'une voix étranglée. Je n'arrive pas à croire que tu rejettes cette chance d'une vie à deux. On pourrait être si heureux ensemble, Jasper. J'en suis certaine…

— Pour combien de temps ?
— Pour toujours.
Il eut un grognement moqueur.
— Tu regardes trop de films d'amour, tu confonds rêve et réalité. En plus, tu l'as dit toi-même : on ne veut pas les mêmes choses dans la vie. Tu veux des enfants, moi pas.
— Mais pourquoi ? lui demanda-t-elle en essayant d'ignorer le désespoir qui lui tordait le ventre. Daniel m'a pourtant l'air d'un fils formidable. Il ne tarit pas d'éloges à ton sujet. Il dit que tu es son meilleur ami. Comment est-ce que tu peux ne pas avoir envie de revivre ça avec un autre enfant ?
— Parce que je sais d'expérience ce qu'un gamin ressent quand ses parents se séparent, et quels dégâts cela peut causer chez lui. Depuis des années, tous les soirs en me couchant je me demande si j'ai pris la bonne décision pour Daniel, et parfois je n'en dors pas. Je ne veux pas avoir un autre poids de ce genre sur la conscience.
Son angoisse était presque tangible. Hayley s'en voulait de s'être trompée aussi grossièrement sur son compte, et de l'avoir accusé de ne pas s'occuper de son fils quand, en réalité, il tenait trop à lui pour prendre le risque de le voir souffrir comme il avait lui-même souffert. Elle comprenait mieux maintenant pourquoi il avait refusé d'épouser Miriam, malgré les pressions de son père. Les mariages entre très jeunes gens, surtout ceux motivés par une grossesse, tenaient rarement la distance, et les enfants de ces couples en payaient toujours les conséquences.
— Tu as fait ce qu'il fallait, lui dit-elle avec douceur. Je m'en rends compte maintenant : tu as toujours été là pour Daniel.
— Non, pas assez, dit-il en se servant un autre verre et en tressaillant lorsque l'alcool toucha sa lèvre meurtrie. Je n'ai pas su le protéger.
Hayley s'approcha de lui et lui confisqua doucement le verre, puis elle lui prit la main et scruta son regard sombre.
— Qu'est-ce que tu veux dire ?
Des éclairs de haine brillèrent dans les yeux de Jasper.

— Son beau-père est un vrai salopard.

Hayley sentit une angoisse soudaine lui serrer le ventre.

— Tu veux dire qu'il… Tu veux dire qu'il le bat ?

Il lui lança un regard âpre.

— Je vais sûrement être inculpé pour coups et blessures après ce qui s'est passé ce soir, mais je suis sûr que ça en valait la peine.

— Tu vas faire un procès au mari de Miriam ?

— Ce n'est pas moi qui ai cogné le premier, mais je peux te dire que ce n'était pas l'envie qui m'en manquait.

— C'était ça, le coup de téléphone au restaurant ?

— Miriam m'a appelé pour me dire que Daniel s'était enfui. Ça fait un moment que cette ordure leur tape dessus à tous les deux, mais elle n'osait rien dire à personne de peur qu'il ne se venge sur Daniel.

Hayley le regarda, les yeux écarquillés par le choc.

— Mais pourquoi est-ce que tu ne m'as rien dit ?

— Je t'ai dit que ce n'étaient pas tes affaires. Ce sont mes problèmes, c'est à moi de les régler.

— Tu ne peux pas toujours tout garder pour toi, Jasper. Depuis combien de temps est-ce que ça dure, cette situation entre Daniel et son beau-père ?

— Je ne sais pas. Ça fait peu de temps que je suis au courant. Daniel non plus ne voulait pas en parler. Par fierté, peut-être ; il devait penser qu'il était assez grand pour s'en sortir tout seul, et pour protéger sa mère. S'il me l'a dit, c'est seulement parce que Martin a commencé à me menacer…

— Comment ça à te menacer ? dit Hayley en ouvrant des yeux ronds.

Jasper se maudit intérieurement. Il avait failli laisser échapper la vérité. Cela lui rappela à quel point il était dangereux de raconter quoi que ce soit à Hayley. D'une manière ou d'une autre, elle parvenait toujours à déjouer son radar et à s'immiscer dans sa vie personnelle.

— Pardon, corrigea-t-il en hâte, je voulais dire à le menacer.

De lui rendre la vie encore plus difficile. Alors Daniel a pris peur et m'a appelé à l'aide.

— Pauvre gosse… Je suis désolée de t'avoir si mal jugé, Jasper. J'ai passé la majeure partie de ma vie d'adulte à te critiquer, donc je comprends que tu aies du mal à me croire, mais je t'aime vraiment. Je me demande même si Gerald n'a pas deviné mes sentiments le jour où je suis allée le voir pour la dernière fois. Je lui avais annoncé mes fiançailles avec Myles, et quand j'y repense, il me semble me souvenir que la nouvelle ne l'avait pas vraiment enthousiasmé. J'avais mis cela sur le compte de sa maladie, mais maintenant, je ne peux m'empêcher de penser qu'il désapprouvait ma décision, et que c'est pour cela qu'il a réécrit son testament. Je crois qu'il voulait que je t'épouse, toi. Il voulait que je te réapprenne à aimer et à faire confiance.

Jasper posa les mains vers ses épaules, mais, au lieu de la repousser, il l'attira contre lui et enfouit son visage dans le nuage parfumé de ses cheveux.

— J'aimerais pouvoir t'offrir ce dont tu as besoin, Hayley, mais je ne peux pas prendre le risque de gâcher d'autres vies.

Elle se recula pour le regarder.

— Est-ce que tu ressens quelque chose pour moi ? lui demanda-t-elle, ses yeux bleu-vert brillant de larmes. Même un tout petit quelque chose ?

Il sentit une boule dure se loger dans sa gorge.

— Je ressens beaucoup de choses, petite fille, dit-il en séchant du pouce une larme qui roulait sur la joue de Hayley.

— Est-ce que tu veux bien me dire quelles choses ?

Il contempla son beau visage et se demanda s'il devait lui révéler la vérité sur Miriam Moorebank. Cela l'aiderait peut-être à comprendre ses motivations. Mais il se retint ; c'était trop risqué, surtout à ce stade délicat : la situation était déjà assez pénible pour Daniel sans qu'il provoque des complications de dernière minute.

Il se pencha et lui embrassa le front.

— Tu mérites mieux, ma puce. Vraiment.

— Mais je ne veux que toi, insista-t-elle. Peu importe pour combien de temps… Laisse-moi t'aimer, c'est tout.

Il la serra contre lui en soupirant, et la douceur de son corps pressé contre le sien précipita aussitôt les battements de son cœur. Comme il la désirait ! Cela ne cesserait-il donc jamais ? Il avait pensé que son ardeur retomberait avec le temps, mais chacune de leurs étreintes semblait au contraire l'intensifier et faire tourner dans sa poitrine, cran par cran, un douloureux engrenage.

— S'il te plaît, Jasper, murmura Hayley en approchant sa bouche de la sienne et en caressant tendrement, du bout de la langue, sa lèvre enflée, en un geste si doux et si intime qu'il rendait toute réflexion impossible.

Il la souleva de terre et la porta jusque dans sa chambre, ferma la porte du pied et déposa Hayley sur le lit. Il ôta ses vêtements en hâte, sans la quitter des yeux, empli d'un désir plus violent encore qu'à l'accoutumée, qui culmina quand elle commença à se déshabiller à son tour. Elle le fit avec des mouvements lents, tentateurs, dont chacun soulevait en lui des vagues de passion ardente. Puis, une fois nue, elle le regarda d'un air enjôleur en se caressant les seins et il se jeta sur elle, le corps fourmillant de plaisir anticipé.

L'instant d'après, il se mouvait en elle avec fougue, exalté par ses gémissements ; elle était déjà ivre de plaisir. Brusquement, elle se resserra autour de lui et ses hanches se mirent à onduler de façon incontrôlée sous la pression rythmée des siennes. Elle laissa échapper un long cri de jouissance et il lui plaqua la main sur la bouche.

— Chut, ma puce. Daniel risque de nous entendre.

— Je n'ai pas pu m'en empêcher, murmura Hayley en revenant sur terre, pantelante, le corps agité de minuscules frissons. Avec toi je… je perds tout contrôle.

— Tu n'es pas la seule, ma chérie…, dit-il sans interrompre son mouvement.

Et, sur ces mots, un râle profond explosa dans sa gorge tandis qu'il se laissait submerger par les vagues de l'extase.

— Je t'aime, murmura Hayley en lui caressant le dos du bout des doigts. Je t'aime.

Il ne répondit rien, mais elle se réjouit de voir que, quand il s'endormit quelques instants plus tard, il la tenait toujours dans ses bras, la tête pressée contre son cœur.

16.

Quand Hayley se leva le lendemain matin, Jasper était déjà parti, et lui avait laissé une note pour la prévenir qu'il déposait Daniel au collège sur le chemin du bureau. Elle était à la fois déçue et soulagée : elle avait vomi trois fois ce matin-là et craignait qu'ils ne l'aient entendue ou ne s'étonnent de son manque d'appétit au petit déjeuner.

Lucy fit la grimace quand elle la vit arriver dans le salon une demi-heure plus tard, le visage pâle et défait.

— C'était positif ?

Hayley hocha la tête, en faisant tous les efforts du monde pour retenir ses larmes.

— Je ne sais pas quel conseil te donner, dit Lucy. Je ne peux pas m'empêcher de penser que Jasper va te laisser tomber. Il n'est pas réputé pour la tendresse avec laquelle il veille sur ses petites amies, surtout quand elles tombent enceintes.

— Je ne suis pas sa p… petite amie, hoqueta Hayley. Je suis sa femme.

— Je sais bien, mais pour combien de temps ?

— Pas assez.

— C'est un égoïste, Hayley. Tu seras mieux sans lui.

— Ce n'est pas un égoïste. C'est quelqu'un de merveilleux. Tu ne le connais pas comme je le connais.

— Oui, eh bien, essaie de dire ça à Mme Beckforth. Elle a rendez-vous avec toi à 10 heures.

Hayley sentit son ventre se serrer.

— Vraiment ?

— Oui, elle vient d'appeler. J'étais prête à donner une chance à Jasper, mais ce qu'elle m'a raconté au téléphone m'a fait changer d'avis. Enfin, Hayley, tu ne trouves pas scandaleux, ce type richissime qui t'a épousée pour récupérer encore plus d'argent, et qui refuse de verser un centime à la mère de son fils ?

Hayley se mordit la lèvre. Elle ne savait pas si elle pouvait révéler à Lucy le contenu de sa conversation de la veille avec Jasper.

— Tu es en train de te faire avoir, Hayley, continua Lucy. Tu vas finir comme Miriam.

— Ce genre d'histoire a toujours deux versions, dit Hayley.

Lucy leva les yeux au ciel.

— Oh, la, la, il a vraiment réussi son coup avec toi. Encore une victime du charme fatal de Jasper Caufield...

— Tu te trompes sur son compte, Lucy. Je sais que tu te trompes.

— Cela reste à prouver.

La porte du salon tinta, mettant fin à la conversation, et Hayley poussa un soupir de soulagement tandis que Lucy s'avançait pour accueillir sa première cliente de la journée.

A 10 heures, le carillon retentit de nouveau, et June Beckforth entra, mais au lieu de son habituel sourire un peu mielleux, elle affichait une expression hargneuse.

— Bonjour, madame Beckforth, dit Hayley d'une voix polie.

June la toisa avec insolence.

— Alors ça y est, vous êtes sa régulière ? lui demanda-t-elle en retroussant les lèvres d'un air méprisant. Je pensais que vous vous garderiez d'une erreur aussi stupide, étant donné tout ce que je vous ai dit sur lui.

— Je suis la femme de Jasper, oui, si c'est ce que vous voulez dire, répondit Hayley d'une voix calme, en essayant de ne pas se laisser intimider par le regard venimeux de sa cliente.

June eut un petit rire arrogant.

— Vous êtes toute fière de l'avoir épousé, hein ? Mais ça ne durera pas, vous savez. Je connais les détails du testament de Gerald. C'est à cause de mon fils Martin qu'il l'a modifié.

— Qu'est-ce que vous voulez dire ? demanda Hayley en fronçant les sourcils.

— Martin est allé voir le vieux et il lui a raconté la vérité sur Jasper. Le petit secret honteux qu'il fait tout pour garder.

Hayley attendit qu'elle continue, le cœur soudain battant dans sa poitrine. Quel petit secret honteux ? De quoi est-ce qu'elle parlait ?

— Jasper ne veut pas que Martin dévoile la vérité. Il dit que ça détruirait trop de vies. Mais je peux vous dire que ça, maintenant, ça nous est bien égal. Il nous payait tous les deux pour qu'on se taise, mais c'est fini ! J'en ai assez de me taire, et mon fils aussi.

— Il vous payait ? répéta Hayley en clignant des yeux sans comprendre. Mais… la dernière fois que je vous ai vue, vous m'avez dit que Jasper ne voulait pas subvenir aux besoins de son fils… Aussi loin que je me souvienne, vous l'avez toujours accusé de ne pas donner un sou à Daniel et Miriam.

June la regarda d'un air triomphant.

— Il ne vous l'a pas dit, n'est-ce pas ?

— D… dit quoi ? Qu'est-ce qu'il ne m'a pas dit ?

— Le petit secret honteux qu'il veut à tout prix préserver. Jasper n'est pas le père de Daniel.

Hayley en resta bouche bée, avec la sensation d'avoir pris un grand coup dans la poitrine. Elle n'arrivait pas à respirer, l'air semblait trop lourd, trop épais pour qu'elle l'attire dans ses poumons.

— Alors Jasper a toujours su qu'il n'était pas le père de Daniel ? demanda-t-elle quand elle réussit enfin à parler.

— Oui.

— Mais, je ne comprends pas. Pourquoi est-ce que Miriam ne l'a pas dit depuis le début ?

— Parce qu'il y avait quelqu'un qu'elle voulait protéger — qu'ils voulaient tous les deux protéger. Quand Martin a épousé Miriam, il a découvert la vérité. Il n'aurait rien dit si Jasper ne l'avait pas insulté. Mais je suis à cent pour cent avec lui. Personne ne traite mon fils de bon à rien et de brute sans s'en repentir.

Hayley était outrée par l'attitude de sa cliente. Comment elle et son misérable fils avaient-ils pu se servir de Jasper d'une manière aussi abjecte, et en le calomniant par-dessus le marché ? Et pendant tout ce temps, Jasper avait soutenu le petit garçon pris au milieu de ces arrangements sordides.

Hayley prit une profonde inspiration.

— Donc, en gros, vous lui faites du chantage.

— Vous connaissez mal votre filou de mari si vous pensez qu'on peut le faire chanter. Il nous dédommageait, au compte-gouttes, pour notre silence, mais récemment il a voulu faire le malin. Il a raconté des mensonges sur Martin, en disant qu'il maltraitait Daniel. La vérité, c'est que ce petit a besoin de fermeté. Plus on sera dur avec lui, mieux ce sera.

Hayley avait envie de vomir.

— Vous approuvez ce genre de violence ?

June haussa les épaules d'un air indifférent.

— C'est un sale gosse. Il a besoin d'une bonne correction de temps en temps. Martin a essayé de lui expliquer les choses calmement, mais il ne veut rien entendre. J'ai dit à Miriam qu'elle aurait mieux fait de se faire avorter, mais apparemment quelqu'un l'en a dissuadé.

Hayley sentit son ventre se contracter douloureusement, et, d'instinct, elle le couvrit d'une main protectrice.

— Vous savez qui ? demanda-t-elle.

— Jasper, bien sûr.

Le flot de honte et de regret qui inonda Hayley faillit la faire s'effondrer. Pendant toutes ces années, elle avait méprisé Jasper pour son égoïsme et son hypocrisie, alors qu'il avait été le seul à faire preuve d'intégrité dans cette histoire sinistre et complexe. Le seul à penser à l'enfant qui risquait d'en souffrir, et à prendre sa défense. Il avait sacrifié sa réputation, son avenir et même le respect de son père, par amour pour ce petit garçon.

— Qui est le vrai père de Daniel ? demanda-t-elle.

— Ça aussi, ça m'étonne que vous ne l'ayez pas deviné, dit June.

— Mais vous n'allez pas me le dire, n'est-ce pas ?

— Je garde cette information sous le coude, comme monnaie d'échange.

— Je ne rentrerai pas dans votre jeu.

June eut un nouveau petit rire.

— Vous êtes en train de vous transformer en clone de votre cher mari, dit-elle. Il se paye votre tête, Hayley. Il se sert de vous comme il s'est servi de tout le monde dans sa vie. C'est Crickglades, qu'il veut, pas vous.

— Je le sais très bien.

June eut l'air surpris.

— Alors vous savez aussi qu'il va divorcer dès que possible ?

— C'était convenu entre nous depuis le début.

— Vous l'aimez, n'est-ce pas ?

Hayley ne répondit rien.

— J'ai toujours su qu'il y avait quelque chose entre vous, insista June. Ça se sentait quand vous parliez de lui.

— Je l'aime, dit Hayley. C'est un homme merveilleux qui a été discrédité à tort pendant des années, et je vais faire de mon mieux pour réparer cette injustice.

— Revenez sur terre. Les hommes comme Jasper ne changent jamais.

— Je ne veux pas qu'il change, dit Hayley. Je l'aime comme il est.

June lui lança un regard méchant.

— Il va vous laisser tomber. Il n'a aucune morale.

— Et c'est vous qui me dites ça ! s'exclama Hayley. Vous êtes infiniment pire que lui ! Quel genre de mère encourage son fils à exploiter des innocents comme vous le faites ?

— Martin est un bon fils, dit June. Je l'ai prévenu des risques qu'il prenait en épousant une mère célibataire, mais il n'a pas voulu m'écouter. Il a essayé d'être un père pour Daniel, même si le gamin résiste à ses efforts légitimes pour le discipliner.

— Et Daniel, justement, dit Hayley, est-ce qu'il sait qui est son vrai père ?

— Non, et ça ne va pas lui plaire quand il va le découvrir, dit June.

L'angoisse étreignit soudain le cœur de Hayley. Et si le père de Daniel était quelqu'un d'horrible, un meurtrier ou un violeur ? N'avait-elle pas ressenti toute sa vie la même terreur ? Comment Daniel supporterait-il la honte de savoir que du sang criminel coule dans ses veines ? Rien d'étonnant à ce que Jasper ait semblé si nerveux ces derniers jours. June avait laissé entendre que la révélation ferait l'effet d'une bombe, et elle redoutait que cette bombe ne soit particulièrement destructrice.

— Je vais devoir vous demander de partir, dit Hayley en entendant s'ouvrir la porte du salon.

Avec un sourire dédaigneux, June se pencha vers elle pour que la cliente qui venait d'entrer n'entende pas.

— Souvenez-vous bien de ce que je vous ai dit. Et prévenez votre cher mari que, s'il ne s'est pas décidé dans une semaine, nous allons vendre notre histoire à la presse.

Les doigts de Hayley se crispèrent si fort sur bord du comptoir qu'elle crut qu'ils allaient se briser. Elle lutta contre l'envie de vomir et respira à fond pour se calmer.

Lucy sortit de la salle de soins juste au moment où June partait. Quand elle vit l'état de Hayley, elle lui suggéra d'aller s'asseoir un moment dans son bureau.

— Si je comprends bien, dit Lucy quand Hayley se fut écroulée dans un fauteuil, Mme Beckforth s'est passée de son soin complet pour le visage.

— Oui, apparemment, elle n'a pas les moyens de se l'offrir en ce moment, dit Hayley en se sentant pâlir davantage.

— Tu n'as pas d'autre rendez-vous avant midi, dit Lucy. Je m'occupe de répondre au téléphone.

— Merci, Lucy, dit Hayley ; et, après s'être levée pour refermer la porte, elle se rassit et se prit la tête dans les mains.

*
* *

Au lieu de rentrer directement chez Jasper à la fin de sa journée de travail, Hayley fit un détour par la paroisse de Raymond. Il n'était pas dans sa petite maison mais, quand elle entra dans l'église, elle l'aperçut près de l'autel.

Il se retourna au son de ses pas, vint à sa rencontre et prit ses mains dans les siennes.

— Hayley, qu'est-ce qui ne va pas ? Tu as pleuré… Est-ce que Jasper t'a fait du mal ?

Elle secoua la tête et ravala ses sanglots.

— Non. J'avais juste besoin de te voir. Il y a tant de choses qui me préoccupent… Tu as dit que si j'avais un problème, tu serais là pour moi… Eh bien voilà, j'ai un problème.

Il alla s'asseoir avec elle sur un des bancs et la regarda avec tendresse et sollicitude.

— Qu'est-ce qui se passe ?

— Je suis enceinte.

Il se tut un instant.

— Un enfant est un don de Dieu, Hayley.

— Je sais…

Son sanglot résonna sans l'église vide.

— Je veux vraiment avoir ce bébé, mais je ne peux pas en parler à Jasper.

— Mais pourquoi pas, ma chère amie ? C'est ton mari.

Elle le regarda, les yeux brouillés de larmes.

— Mais tu sais bien ce que ça a été pour lui. Ça l'a rendu amer, et aujourd'hui j'ai découvert que ce n'était même pas sa faute.

— Qu'est-ce qui n'était pas sa faute ?

Elle prit un instant pour se moucher.

— Il n'est pas le père de Daniel, dit-elle en contemplant les mouchoirs froissés dans sa main. La belle-mère de Miriam est venue me voir. Elle m'a dit que c'était quelqu'un d'autre, mais elle n'a pas voulu me dire qui. Son fils et elle utilisent cette information pour extorquer de l'argent à Jasper. Pendant toutes ces années, j'ai cru que c'était un père indigne. Je le trouvais horriblement égoïste, mais c'est tout le contraire. Il a fait d'énormes sacrifices pour le bien d'un enfant dont il sait depuis le début que ce n'est pas le sien.

Il y eut un autre court silence.

— Est-ce que Daniel sait qui est son père ? demanda Raymond.

— Non… C'est ce qui est si angoissant…

Elle releva vers lui ses yeux brillant de larmes.

— June Beckforth n'a pas l'air de se soucier de ce que Daniel pourra ressentir en découvrant que son père est un sale type et même un criminel.

— C'est ce qu'elle a dit ? demanda Raymond en pâlissant de surprise. Que le père de ce garçon est un criminel ?

— Non… Pas vraiment…

Elle se mordilla la lèvre pendant quelques secondes.

— Elle a juste dit que la nouvelle ferait l'effet d'une bombe. Elle menace même de vendre l'histoire aux journaux. C'est pour ça que je me suis dit que ça devait être quelqu'un de mauvais ; sinon, pourquoi est-ce que Jasper aurait fait tous ces efforts pour dissimuler son identité ? Il veut protéger Daniel.

— Non, dit Raymond d'une voix grave. Ce n'est pas du tout Daniel qu'il cherche à protéger.

— Non ? dit Hayley avec stupéfaction. Alors qui ?

Les yeux brun-vert de Raymond étaient pleins de tristesse.

— Moi, dit-il.

— Toi ? Mais pourquoi est-ce qu'il voudrait te protéger toi ? Et de quoi ? Tu es prêtre, tu as l'habitude d'entendre ce genre de choses quand les gens se confessent…

Elle s'arrêta en voyant des larmes scintiller dans ses yeux ; le silence était si profond qu'elle entendait les flammes des cierges, sur l'autel, vibrer dans l'air.

Raymond prit une inspiration douloureuse.

— Il veut me protéger, dit-il, parce que le père de Daniel, c'est moi.

17.

Hayley le fixa sans mot dire, sous le choc.

Raymond se leva et passa une main tremblante dans ses cheveux clairsemés.

— Depuis des années, j'essaye d'oublier la seule fois où j'ai trahi ma promesse à Dieu. Je l'ai imploré de me pardonner et j'ai continué mon chemin.

Il se tourna vers Hayley, et elle lut dans son regard le tourment de la culpabilité.

— J'ignorais que Daniel était mon fils. Jusqu'à aujourd'hui. Comme toi, je croyais Jasper responsable. Notre père aussi. Tout le monde. Et pourquoi aurait-on pensé le contraire ? Il n'arrêtait pas de faire des bêtises. J'en ai fait une seule, et pas une seconde je ne me suis douté qu'elle aurait ce genre de répercussions.

— Je ne sais pas quoi dire… Cela a dû te causer un choc terrible. Je suis désolée, je ne savais pas. Je voulais juste te parler de mon dilemme. Jamais je n'aurais pensé qu'il te concernait directement.

— Pour une fois dans ma vie, je n'ai pas toutes les réponses, Hayley. C'est à moi que les gens viennent quand ils ont besoin d'aide et de conseils mais, dans ce cas précis, je ne sais pas quoi faire. Et je ne peux pas m'empêcher de penser à Daniel. Le pauvre n'a jamais su qui était son vrai père.

— Je crois que June et Martin Beckforth ont tort, dit Hayley. Ils disent que Daniel sera déçu en découvrant qui est son vrai père, mais je ne suis pas d'accord. A vrai dire, je ne peux pas m'empêcher de me demander s'il ne le sait pas déjà. Jasper et lui sont très proches.

Raymond la regarda avec angoisse.

— Il faut que je le reconnaisse comme mon fils. Qu'est-ce que mes paroissiens vont penser de moi ?

Hayley se leva et lui serra affectueusement le bras.

— Ils penseront que tu es humain, Raymond, comme nous tous. Personne n'est parfait, et certainement pas tout le temps. Si Dieu peut te pardonner, je ne vois pas pourquoi tes paroissiens ne le pourraient pas, eux aussi.

Raymond esquissa un sourire triste.

— Tu es une jeune femme pleine de sagesse, Hayley. Jasper a beaucoup de chance.

— Si seulement il pouvait voir les choses comme toi, dit-elle avec une moue désabusée. Il veut toujours mettre fin à notre mariage.

— Alors je vais prier pour un miracle, dit Raymond. Va le retrouver, Hayley, et dis-lui pour son bébé. Dieu sait si j'aurais voulu qu'on m'apprenne l'existence du mien !

— Même si cela aurait signifié perdre ce qui comptait le plus à tes yeux ?

— Je n'aurai pas perdu autant que ce que Jasper a sacrifié pour moi. Notre père le méprisait. Il a porté le poids injuste de cette honte pendant bien trop longtemps. Il est temps que je l'en libère.

— Miriam et lui ont fait ce qui leur semblait le mieux à l'époque. Jasper savait à quel point tu étais attaché à ta vocation. Rien ne devait faire obstacle à tes rêves.

Raymond poussa un soupir plein de regrets.

— Et c'est moi qui, sans le vouloir, ai fait obstacle aux siens…

*
* *

Quand elle entra dans le salon une heure plus tard, Hayley trouva Jasper en train d'arpenter la pièce d'un pas furieux, les traits tendus par la colère.

— Bon sang, mais où est-ce que tu étais ? protesta-t-il.

— Je suis allée voir Raymond. Je voulais…

— Est-ce que tu veux bien m'expliquer ce que ceci signifie ? dit-il en lui lançant l'emballage froissé du test de grossesse.

Hayley se figea.

— Où est-ce que tu l'as trouvé ?

— Ce n'est pas moi qui l'ai trouvé. C'est Rosario qui est descendue avec, complètement en extase, et qui est venue me féliciter. A en juger par sa réaction, le test que tu as fait devait être positif ?

— Oui, dit-elle en avalant sa salive. Oui, il était positif.

— Je me suis permis de faire tes valises, dit-il froidement. J'ai envoyé Eric les porter à ton appartement. Je te ferai parvenir les papiers du divorce dès que possible.

Hayley était pétrifiée. Elle n'arrivait pas à croire ce qu'elle était en train d'entendre. En l'espace d'un instant, le choc et la douleur avaient creusé en elle un puits de désespoir.

— Tu m'avais pourtant prévenu que tu me ferais regretter de t'avoir épousée, continua-t-il. Mais, tu vois, je ne me doutais pas qu'il te viendrait à l'idée de te venger en m'attribuant l'enfant d'un autre homme. L'ironie de la situation, si tu savais, est absolument stupéfiante. Mais je ne marche pas, oh non. Je veux que tu sortes de chez moi, tout de suite, et je ne veux plus jamais te revoir.

— Jasper, réussit-elle à articuler, tu ne crois quand même pas que…

— Je ne vais pas perdre mon temps à écouter tes tentatives pathétiques pour me convaincre que c'est moi qui ai tort, la coupa-t-il. Je comprends, maintenant, pourquoi tu as accepté aussi vite de m'épouser moi plutôt que Lederman : tu pensais avoir beaucoup plus à y gagner. Et tu t'es dit que tu pourrais toujours t'enfuir avec Lederman ensuite, quand tu aurais récupéré une part de ma fortune. Je l'ai entendu parler d'un bébé, l'autre soir, dans le bar. Vous mijotez ça depuis le début. C'est lui le père de ton enfant, mais tu aurais voulu me faire avaler que c'était moi, et me faire payer les factures par la même occasion.

— Je n'arrive pas à croire que tu…

— C'était touchant de me dire que tu m'aimais, continua-t-il avec amertume. Je me suis presque laissé berner. Mais tu oublies que j'ai l'habitude. Je connais les ruses des femmes qui ont des dollars à la place des yeux.

Hayley était au bord des larmes mais, par fierté, elle se retint de pleurer devant lui. Elle avait besoin de calme et de solitude pour réfléchir à la situation. Il s'était passé tant de choses en si peu de temps qu'elle se sentait complètement déboussolée. Désespérée, elle regarda Jasper quitter la pièce sans un regard derrière lui. Elle laissa échapper le soupir qu'elle avait retenu tout ce temps et, retirant sa bague de fiançailles et son alliance, les posa sur la table basse devant le canapé.

Puis, le cœur brisé, elle prit son sac et ses clés et sortit de la vie de Jasper.

Trois mois plus tard…

— Ton client suivant est là, dit Lucy en passant la tête dans l'entrebâillement de la porte de la salle d'épilation.

Hayley jeta un coup d'œil à l'horloge sur le mur.

— Mais je n'ai personne jusqu'à 15 heures. J'ai vérifié dans le cahier juste avant que Mme Pritchard n'arrive pour sa teinture des cils et des sourcils.

— C'est un rendez-vous de dernière minute, expliqua Lucy. Un garçon avec des problèmes de peau. Je crois qu'il a juste besoin d'un soin visage express ou quelque chose comme ça. Je voulais m'occuper de lui, mais il a demandé à te voir toi.

Hayley se rendit dans l'entrée et découvrit Daniel Moorebank assis sur le bord d'une des chaises. Il se leva et esquissa un sourire timide.

— Bonjour, Hayley.

— Bonjour, Daniel, répondit-elle. Comment vas-tu ?

— Je vais bien. Très bien… euh… sauf pour ce qui est de ma peau, bien sûr.

A ce qu'elle en voyait, il n'avait pourtant aucun problème de ce côté-là.

— Qu'est-ce que je peux faire pour toi ? demanda-t-elle.

Il rougit et désigna un petit bouton presque invisible sur sa joue.

— Je me demandais si vous pouviez m'aider à faire partir ça. Est-ce qu'on peut… euh… discuter en privé ?

— Bien sûr, dit-elle. Viens dans la salle de soins.

Il s'assit dans le fauteuil et elle inspecta son visage.

— Tu as une très belle peau, Daniel.

Il rougit de nouveau ; la ressemblance avec son père était frappante. Raymond avait raconté à Hayley sa première rencontre officielle avec Daniel, qui avait été poignante. Hayley ne s'était pas trompée : Daniel avait bien deviné qui était son vrai père, mais avait interdit à Jasper de révéler la vérité, pour ne pas remettre en question la position de Raymond dans la communauté. Mais en fin de compte, Raymond avait décidé de renoncer à sa vocation et de commencer une carrière de travailleur social qui leur avait déjà apporté, à lui comme à Daniel, beaucoup de bonheur.

Hayley n'avait pas de nouvelles de Jasper. Elle lui avait envoyé de l'argent pour le loyer, mais chaque mois les enveloppes lui étaient revenues intactes. Elle ne savait pas trop quoi en penser, mais elle supposait qu'il était déterminé à couper tout contact avec elle, même s'il était propriétaire de l'immeuble où elle habitait.

Elle l'avait vu en photo dans un magazine à scandales, entouré de séduisantes jeunes femmes, ce qui semblait indiquer qu'il était vraiment passé à autre chose.

— Alors… comment ça va ? demanda Daniel en baissant brièvement les yeux vers le petit ventre de Hayley.

— Ça va bien, dit-elle. J'ai presque dépassé la période des nausées matinales.

— Ah, tant mieux.

Il y eut un silence gêné.

Hayley regarda Daniel s'agiter sur son fauteuil et ses yeux courir partout sans jamais se fixer sur les siens.

— Il vous aime, annonça-t-il soudain en croisant enfin son regard. Il vous aime vraiment.

— Qui ça ?

Daniel leva les yeux au ciel.

— Jasper, bien sûr.

— Alors pourquoi est-ce qu'il ne vient pas me le dire lui-même, dit Hayley en pinçant les lèvres.

— Il est trop fier, dit Daniel. Je n'arrête pas de lui dire qu'il doit faire un effort, mais il ne m'écoute pas. Je m'inquiète pour lui.

— Je suis sûre qu'il en trouvera une autre pour se consoler, dit Hayley. Et pas qu'une, même.

— Non, insista Daniel. Vous ne comprenez pas. Ça l'obsède, vraiment. Il ne veut pas divorcer.

— Il a une drôle de façon de le montrer, remarqua-t-elle avec sarcasme.

— Il croyait que vous alliez lui réclamer de l'argent, mais vous ne lui avez rien demandé. Vous lui avez même laissé la bague qu'il vous avait offerte. Il ne s'attendait pas à ça.

— Et comment est-ce qu'il croit que je me suis sentie ces trois derniers mois, à vomir chaque fois que je pensais à manger, sans personne pour me soutenir ?

Daniel eut l'air mal à l'aise.

— Je sais que ça a dû être difficile, mais il est un peu buté, comme vous le savez. Vous devriez lire ça avant de le rejeter définitivement, dit-il en sortant de sa poche de jean une feuille de papier pliée. C'est un courriel que j'ai trouvé par hasard sur son bureau, en faisant un devoir sur son ordinateur. Ça vient d'un cabinet de notaire, et ça confirme que l'appartement dans lequel vous vivez est maintenant à vous.

Hayley fixa le message sans pouvoir en croire ses yeux. C'était là, noir sur blanc : l'appartement était désormais à son nom.

— Est-ce qu'au moins vous accepteriez de venir le voir ? demanda Daniel après un long silence. Il a été tellement merveilleux avec moi. Il m'a ouvert un compte d'épargne sur lequel il met de l'argent pour que je puisse aller dans une école d'agriculture après le lycée. La grande maison qu'il a achetée dans les Southern Highlands est pour moi. J'ai toujours rêvé d'avoir une ferme. Je n'arrive pas à croire qu'il se soit montré si généreux. Il attend le feu vert de la ville pour Crickglades et, quand il l'aura, il va y incorporer un grand complexe pour les jeunes. Et il fait restaurer les jardins que sa mère avait dessinés pour que tous les visiteurs puissent en profiter. Il faut que vous reveniez, Hayley. Ces trois derniers mois, j'ai passé pas mal de nuits chez lui, mais ce n'est pas pareil quand vous n'êtes pas là. Rosario dit la même chose. Je sais que ça ne s'écrit pas pareil, mais vous êtes comme la comète de Halley. Vous avez illuminé sa vie ; il n'avait pas rencontré quelqu'un comme vous depuis des années.

Elle eut une moue amusée.

— Toi, alors, on voit que tu es un Caufield. Un vrai charmeur.

Il sourit.

— Je ne sais pas comment vous remercier de ce que vous avez fait pour moi en dévoilant la vérité sur mon père avant que le mari de ma mère n'aille vendre l'histoire à la presse. J'ai deux pères au lieu d'un, maintenant. Raymond est vraiment un type génial. Je n'arrive pas à croire qu'il ait tout abandonné pour moi. Mais je pense aussi à Jasper et je me dis qu'il a fait la même chose. La plus grande preuve d'amour, c'est de consacrer sa vie à quelqu'un d'autre, et Jasper l'a fait pour moi quand j'en avais le plus besoin.

Hayley dut lutter pour retenir ses larmes.

— Est-ce qu'il sera chez lui ce soir ?

— Je vais m'en assurer, dit Daniel. Et je me débrouillerai pour ne pas être là, comme ça vous pourrez parler tranquilles.

— Tu n'as pas à faire ça. C'est chez toi aussi.

— Plus pour longtemps. Je vais pouvoir retourner chez

maman maintenant qu'elle a chassé cette ordure de Martin et qu'ils vont divorcer. Et j'ai aussi envie de passer plus de temps chez Raymond. Il a un projet de centre de loisirs pour les enfants défavorisés. Je lui donne un coup de main. J'adore ça. C'est tellement formidable de mettre du soleil dans la vie de ces enfants.

Les larmes jaillirent des yeux de Hayley.

— Daniel, je suis si fière de toi. Tu es vraiment extraordinaire.

Il se leva avec un grand sourire.

— Donc, vous pensez que ça va, ma peau ?

Elle se mit sur la pointe des pieds et l'embrassa sur la joue.

— Tout en toi est parfait, Daniel.

Hayley prit une profonde inspiration en arrivant devant le portail de Jasper. Elle hésita à utiliser l'Interphone, mais décida finalement de taper le code. Elle avait gardé la clé de chez lui ; elle l'avait à la main tandis qu'elle s'approchait de la porte d'entrée, tremblante.

Elle ouvrit la porte et tendit l'oreille, mais tout était calme. La maison était vide. Elle sentit une immense vague de déception déferler en elle, et s'assit sur un des canapés, le moral au plus bas, en se demandant si Daniel s'était trompé. Peut-être Jasper était-il sorti avec l'une de ses nouvelles petites amies, ou pire, s'apprêtait-il à la ramener chez lui ?

Elle se redressa brusquement en entendant le rugissement de sa voiture qui rentrait au garage. Le souffle court, elle guetta le bruit de ses pas, et se leva en chancelant quand il entra dans la pièce.

Il ouvrit de grands yeux en la voyant, et devint très pâle.

— Qu'est-ce que tu fais ici ? demanda-t-il.

— Je voulais te voir.

— A quel propos ?

Elle s'efforça de ne pas se laisser désarçonner par sa réponse cassante et trop rapide.

— Je me disais que tu avais peut-être envie de savoir où en était ton enfant, dit-elle.

Il baissa les yeux vers son ventre et les releva aussitôt.

— Tu as l'air bien sûre que c'est le mien, mais j'aimerais avoir confirmation.

— On peut arranger ça, dit-elle. C'est facile.

— Tu voudrais bien ?

— Je ne vois pas pourquoi je ne voudrais pas.

Une lueur d'étonnement vacilla dans ses yeux sombres.

— Qu'est-ce qui est arrivé à Lederman ?

— Aux dernières nouvelles, il filait le parfait amour avec une très blonde et très plantureuse héritière.

— Donc il t'a laissé tomber.

— Non, c'est toi qui m'as laissé tomber.

— Qu'est-ce que tu veux dire ?

— Que c'est ton bébé que j'attends.

— Tu espères vraiment que je vais croire ça ?

— Eh bien, oui, tu vois.

— Pourquoi est-ce que tu es venue ? demanda-t-il.

— Parce que Daniel m'a dit que tu m'aimais.

— Et tu l'as cru ?

— C'est un gentil garçon. Il n'a aucune raison de mentir.

— Mais toi, si.

— Je ne t'ai jamais menti, Jasper. Je t'ai dit que je t'aimais et je le pensais. Et c'est ton bébé que je porte, même si tu refuses de l'admettre.

Il la regarda, et ses yeux se mirent à briller de larmes.

— C'est vraiment mon bébé ? demanda-t-il d'une voix éraillée.

Hayley se mit à pleurer et s'avança vers lui en trébuchant.

— Mais bien sûr, espèce de grand imbécile. Comment peux-tu imaginer que je regarde un autre homme que toi ?

Il enfouit le visage dans le nuage parfumé de ses cheveux bouclés et la serra très fort contre lui.

— Je ne m'étais jamais rendu compte à quel point je voulais un bébé avec toi, jusqu'à ce que je voie ce test de grossesse, dit-il. Mais je m'étais promis de ne plus jamais assumer la paternité de l'enfant d'un autre, parce que j'ai vu les ravages que cela provoque quand la vérité éclate au grand jour.

— Ça a dû être si dur pour toi. Tout le monde te reprochait des fautes que tu n'avais pas commises.

— Miriam est venue me voir et m'a demandé conseil. J'ai offert de l'aider à subvenir aux besoins de l'enfant. Je n'avais pas prévu la réaction de mon père. Il a exigé que je l'épouse, mais on savait, elle comme moi, que c'était hors de question. Pourtant, je ne pouvais pas non plus imaginer de voir mon frère forcé de renoncer à ses rêves à cause d'une seule erreur. Je me suis dit que la meilleure solution, c'était d'en assumer la responsabilité. Et pour te dire la vérité, je ne l'ai jamais regretté, jusqu'à ce que Martin Beckforth arrive et se mette à faire des siennes. C'est là que j'ai commencé à me demander si j'avais pris la bonne décision, mais Daniel m'assure qu'il est ravi de la façon dont les choses ont tourné.

— Daniel est autant ton fils que celui de Raymond, dit-elle en levant les yeux vers lui. Tu as été pour lui un père formidable, comme tu le seras pour notre enfant.

— Alors, tu es prête à prendre le risque ? lui demanda-t-il. A rester mariée avec moi, et à ce qu'on élève notre enfant ensemble ?

Elle le regarda avec un sourire extasié.

— En ce qui me concerne, il n'y a aucun risque, mon chéri, dit-elle en lui prenant la main et en la posant sur son ventre où leur enfant commençait déjà à s'étirer. Je ne vais pas arrêter de t'aimer, pas après tout ce temps.

— Je t'aime aussi, dit Jasper d'une voix si rauque qu'elle lui écorcha la gorge. Si j'en doutais, les trois derniers mois me l'ont prouvé.

— Pourquoi est-ce que tu ne m'as pas contactée ?

— J'ai décroché le téléphone un millier de fois, mais ma fierté m'empêchait d'aller plus loin. Je me disais toujours que tu étais retournée avec Lederman et que je me portais mieux sans toi. C'est Daniel qui m'a fait prendre conscience de ma bêtise. Il disait que j'étais idiot de laisser quelqu'un comme toi me filer entre les doigts.

— Alors c'est vraiment vrai ? On ne va pas divorcer ? lui demanda-t-elle en se serrant contre son corps brûlant.

— Qu'est-ce que tu en penses, petite fille, dit-il avec un sourire enjôleur. Ça te tente de rester mariée avec moi un peu plus longtemps ?

— Et pour combien de temps ce sera, cette fois-ci ?

Il approcha la bouche de ses lèvres souriantes.

— Je ne sais pas, dit-il. Pour toujours ?

Hayley contempla rêveusement la courbe sensuelle de ses lèvres.

— Et on commence quand ? demanda-t-elle dans un murmure.

— Maintenant, dit-il, et il captura son soupir de joie dans la chaleur d'un baiser.

collection *Azur*

Ne manquez pas, dès le 1er Octobre

***L'ENFANT DE DEMETRI SOUVAKIS**, Anne Mather* • *N°2818*

Lorsque Demetri lui annonce, cinq ans après leur séparation, qu'il veut à présent divorcer, Jane, désemparée, ne peut contenir ses larmes. Et soudain, sans qu'elle puisse rien contrôler, le geste tendre esquissé par Demetri pour la consoler se transforme en une étreinte passionnée. S'il ne peut faire oublier à Jane que Demetri ne veut plus d'elle comme épouse, ce moment d'abandon n'en a pas moins des conséquences inattendues…

***AMOUREUSE D'UN DON JUAN**, Kathryn Ross* • *N°2819*

Play-boy & Milliardaire

Quand son patron lui demande de l'accompagner pour affaires en Toscane, Charlotte hésite. Ne risque-t-elle pas de tomber irrémédiablement sous le charme de cet incorrigible don Juan ? Pourtant, elle va devoir prendre ce risque si elle veut garder son emploi. Et puis, qui sait, Marco Delmari apprendra peut-être à la connaître, assez pour éprouver à son égard les mêmes sentiments qu'elle ressent en secret ?

***UN GARDE DU CORPS TROP SÉDUISANT**, Amanda Browning* • *N°2820*

Effarée, Shelby écoute son père — un magnat de la presse inquiet pour la sécurité de sa famille —, lui annoncer que Gray Compton sera désormais chargé de la protéger… vingt-quatre heures sur vingt-quatre ! Comment pourra-t-elle côtoyer cet homme jour et nuit et lui cacher qu'elle ne l'a jamais oublié, malgré l'humiliation qu'il lui a infligée alors qu'elle n'avait que dix-huit ans ?

***UN IRRÉSISTIBLE PATRON,** Chantelle Shaw* • *N°2821*

Coup de foudre au bureau

En décrochant un emploi, Jenna a l'impression que la chance lui sourit enfin. Mais lorsqu'elle rencontre son nouveau patron, le célèbre avocat Alex Morrell, elle comprend que la situation risque d'être plus compliquée qu'elle ne le pensait… En effet, il s'agit de l'homme le plus séduisant qu'elle ait jamais vu… Aura-t-elle la force de repousser le danger qu'il représente pour la nouvelle vie qu'elle s'est construite ?

UN AVEU IMPOSSIBLE, Emma Darcy • *N°2822*

Après une brève liaison, Erin se voit brutalement rejetée par Peter Ramsey, un des célibataires les plus en vue de Sydney. Meurtrie, Erin n'a pas la force de lui avouer qu'elle est enceinte… Mais, sept mois plus tard, lorsqu'elle croise Peter par hasard, il n'est plus possible de lui dissimuler la vérité. Furieux, il exige aussitôt qu'elle l'épouse, une exigence à laquelle Erin, pour le bien de son enfant, finit par se soumettre…

PASSION SICILIENNE, Carol Marinelli • *N°2823*

A la mort de sa sœur, Catherine se jure d'apporter à Lily, sa nièce de six mois, tout l'amour dont celle-ci a besoin. Mais elle se heurte très vite à Rico, l'oncle paternel de Lily, un homme froid et autoritaire qui exige la garde de la petite fille. Si Catherine veut rester auprès de sa nièce, elle va devoir accepter la révoltante proposition de l'arrogant Sicilien : l'épouser.

UN HÉRITAGE MYSTÉRIEUX, Lee Wilkinson • *N°2824*

Secrets de famille

En apprenant que le séduisant Stephen Haviland l'invite à Venise pour y évaluer sa collection de peintures, Sophia sent son coeur s'emballer. Mais pourquoi s'adresse-t-il à elle alors qu'il pourrait s'offrir les services des experts les plus réputés du pays ? Hésitante, Sophia redoute que le désir qu'elle ressent pour Stephen ne lui fasse oublier toute prudence…

LA FIANCÉE DUPÉE, Lucy Monroe • *N°2825*

Le jour où il lui demande de l'épouser, Ellie, déçue, comprend que Sandor ne voit dans le mariage qu'une simple association ayant pour but de fonder une famille. Malgré tout, désespérée à l'idée qu'il se tournera vers une autre si elle refuse, la jeune femme accepte. Dès lors, une question la hante : pourquoi l'a-t-il choisie, elle, parmi tant d'autres ?

Attention, numérotation des livres pour le Canada différente : numéros 1463 à 1470.

A paraître le 1er septembre

Best-Sellers n°341 • thriller

Le cercle écarlate - M.J. Rose

Des hommes nus, aux pieds marqués d'un chiffre rouge : c'est la troisième fois que la journaliste Betsy Young reçoit des clichés de cette mise en scène macabre. La police n'a aucune piste. Seule le Dr Morgan Snow est capable d'établir un lien entre les victimes, car elle reçoit des patientes liées à Scarlet, une société secrète de femmes qui asservissent les hommes à leurs désirs. Morgan, tenue par le secret médical, ne peut révéler cette information à la police. Pas même à l'inspecteur Noah Jordain, qui, sans elle, ne remontera jamais la piste du tueur…

Best-Sellers n°342 • suspense

Les fiancées du Mississippi - Carolyn Haines

Après la mort d'Annabelle, sa fille de 9 ans, dans un incendie criminel, Carson Lynch a connu la descente aux enfers : elle a quitté son mari, son métier de journaliste, et s'est réfugiée dans l'alcool. Deux ans ont passé. A Biloxi, Mississippi, où le patron du *Morning Sun* a recruté Carson, la découverte de cinq jeunes femmes assassinées 24 ans auparavant fait l'effet d'un coup de tonnerre. A peine sont-elles identifiées que la série noire recommence, avec deux nouvelles victimes. Toutes ont l'annulaire gauche sectionné et portent un voile de mariée. S'agit-il du même tueur ? Pour le savoir, Carson Lynch est prête à tout. Car elle a des raisons très personnelles de vouloir retrouver le criminel…

Best-Sellers n°343 • suspense

Dangereuse vision - Heather Graham

Chargés de retrouver le *Marie Josephine*, galion espagnol naufragé au XVIIIe siècle, Genevieve Wallace et Thor Thompson ne vont pas seulement devoir apprendre à explorer ensemble les superbes récifs et les eaux cristallines des tropiques au large de Key West. Car Genevieve, confrontée pour la première fois de sa vie à des visions effrayantes qui les guident dans leurs recherches, va, en levant peu à peu le voile sur le mystérieux naufrage, mettre sa vie et celle de Thor en danger…

Best-Sellers n°344 • roman

Le voile des illusions - Jackie Collins

Trois femmes extraordinaires. Trois carrières prometteuses. Trois divorces imminents.

Dans le monde impitoyable d'Hollywood, où les paparazzi font et défont les stars, Shelby l'étoile montante du cinéma, Lola la bombe latino, et Cat la réalisatrice rebelle, découvrent quelles illusions se cachent derrière le voile du succès. Sous les paillettes éclatent les scandales, les jalousies, les trahisons. Difficile alors, de rester fidèle à soi-même… si ce n'est aux autres.

Best-Sellers n°345 • roman

Retour au lac des saules - Susan Wiggs

A présent que sa fille a quitté la maison, Nina Romano s'apprête à réaliser son rêve de toujours : racheter et rouvrir l'auberge du lac de Saules. Aussi est-elle furieuse d'apprendre que la propriété vient d'être vendue… à Greg Bellamy, le fils de riches qu'adolescente, elle aimait en secret. De retour après son divorce, il a encore trouvé le moyen de se mettre en travers de sa route ! Mais quand il lui propose de s'associer avec lui, elle hésite, déchirée entre sa méfiance envers ce rival déloyal, et son attirance pour un Greg encore plus séduisant qu'autrefois…

Best-Sellers n°346 • historique

Une passion irlandaise - Brenda Joyce

Irlande, 1818.

Après le mariage de leurs parents respectifs, Eleanor et Sean grandissent ensemble. Mais, au fil des ans, Eleanor tombe amoureuse de Sean qui, lui, la considère comme sa petite sœur et ne rêve que de partir à l'aventure. Eleanor essaie en vain de le retenir. Quatre ans s'écoulent sans qu'il donne signe de vie, et la jeune fille, refusant de céder au chagrin, se fiance à un autre. Mais, à la veille de son mariage, Sean réapparaît. Eleanor, bouleversée, apprend qu'il s'est enrôlé dans la rébellion irlandaise et est recherché par les troupes du roi. Alors, elle n'hésite pas : peu importe le scandale, elle suivra Sean n'importe où, fût-ce au péril de sa propre vie. Sean l'enlève le jour de ses noces…

Best-Sellers n°347 • suspense

Les mains du diable - Gwen Hunter

Médecin dans le comté de Dawkins, en Caroline du sud, le Dr Rhea Lynch se trouve confrontée à une série d'étranges événements : tandis que les cas de malaises respiratoires se multiplient de manière inquiétante aux urgences, une jeune accidentée dont le corps porte la trace de sévices atroces se livre à des rituels de magie noire au sein de l'hôpital…

Ce roman est le troisième volet de la série consacrée au Dr Rhea Lynch.

Best-Sellers n°348 • roman

Le testament des Gerritsen - Emilie Richards

La Nouvelle-Orléans, 1965.

Aurore Gerritsen vient de rendre son dernier souffle. Respectant ses instructions, son avocat réunit les proches de la vieille dame, à qui il ne lira le testament qu'au bout de quatre jours, toute personne partant avant ce délai perdant son droit à l'héritage. Un héritage considérable, qui suscite tensions et convoitises. En huis clos dans le pavillon d'été de Grand Isle, les uns et les autres, à travers à travers les journaux intimes, les secrets de famille enfouis depuis des années, et la lecture du testament, vont alors découvrir le lien secret qui les unit à Aurore Gerritsen …

Best-Sellers n°349 • suspense

Spirale meurtrière - Meg O'Brien

Agent littéraire à Los Angeles, Mary Beth Conahan se trouve soudain confrontée aux meurtres de son ex-mari et de deux de ses auteurs. Coïncidence ? Au même moment, l'une de ses anciennes amies, dont elle était sans nouvelles depuis des années, frappe soudain à sa porte pour lui demander de l'aide…

Un récit haletant dans lequel secrets et trahisons s'entremêlent pour mieux nourrir le suspense jusqu'au coup de théâtre final.

Composé et édité par les
éditions Harlequin
Achevé d'imprimer en août 2008

BUSSIÈRE
GROUPE CPI

à Saint-Amand-Montrond (Cher)
Dépôt légal : septembre 2008
N° d'imprimeur : 81177 — N° d'éditeur : 13744

Imprimé en France

Chères lectrices,

Ce mois-ci, votre collection Azur vous propose un programme riche et varié, jouant sur toute la palette des sentiments amoureux : trouble, passion, désir, mais aussi jalousie, rupture… et retrouvailles.

C'est parce qu'elle n'a rien oublié des instants magiques passés dans les bras de Daniel, son ex-mari, que Laine est très embarrassée lorsqu'elle le revoit… dans un appartement que le hasard les oblige à partager. Pas étonnant, dans ces conditions, qu'elle cherche à l'éviter. Mais peut-on vraiment manquer *Un rendez-vous avec le destin* (Azur N° 2813) ?

Tamsin, l'héroïne d'*Une passion espagnole* (Azur N° 2814), ferait elle aussi n'importe quoi pour échapper au sort qui l'attend si elle devient l'épouse légitime — quoique non consentante — d'Aziz al-Maghrib. Mais, comme dans les films, elle est miraculeusement enlevée le jour même de son mariage, et retenue prisonnière dans un château andalou. Hélas, le maître des lieux, un homme aussi sombre que son regard de braise, n'a pas l'intention de lui venir en aide. Bien au contraire, puisqu'il l'a choisie comme instrument de sa vengeance…

Dans un tout autre registre, *La fierté des Torrente* (Azur N° 2806) vous fera rencontrer le beau Sergio, un Italien, un vrai : arrogant, un brin macho et irrésistiblement sexy. A tel point que Kathy se laisse prendre à son charme, et entraîner dans une histoire qu'elle croit sans lendemain…

Enfin, les fidèles des Héritiers de Niroli sont invitées, ce mois-ci, à célébrer *Un mariage au royaume*, septième et avant-dernier volet de cette merveilleuse saga, qui vous ramènera une fois encore et pour votre plus grand plaisir dans ce lieu enchanteur, véritable écrin de verdure bordé par la Grande Bleue…

Bonne lecture, et rendez-vous en octobre.

La responsable de collection

Chère lectrice,

[illegible]

[illegible]

[illegible]

[illegible]

[illegible]

[illegible]

Le Responsable de collection

Mariés d'un jour